講談社文庫

献灯使

多和田葉子

講談社

目次

献灯使

献灯使

無名《むめい》は青い絹の寝間着を着たまま、畳の上にべったり尻をつけてすわっていた。どこかひな鳥を思わせるのは、首が細長い割に頭が大きいせいかもしれない。絹糸のように細い髪の毛が汗で湿ってぴったり地肌に貼りついている。瞼をうっすら閉じ、空中を耳で探るように頭を動かして、外の砂利道を踏みしめる足音を鼓膜ですくいとろうとする。足音はどんどん大きくなっていって突然止まる。引き戸が貨物列車のようにガラガラ走りだし、無名が眼をひらくと、朝日が溶けたタンポポみたいに黄色く流れ込んでくる。無名は両肩を力強く後に引いて胸板を突き出し、翼をひろげるように両手を外まわりに持ち上げた。

肩で息をしながら近づいてくる義郎《よしろう》は、目尻に深い皺を寄せて微笑んでいた。靴を脱ごうと片脚を持ち上げてうつむいた途端、その額から汗の滴がぱらぱら落ちた。

義郎は毎朝、土手の手前の十字路にある「犬貸し屋」で犬を一匹借りて、その犬と並んで三十分ほど土手の上を走る。銀色のリボンを束ねたような川は、水量が貧しい時には意外に遠いところを流れている。そのように用もないのに走ることを昔の人は「ジョギング」と呼んでいたが、外来語が消えていく中でいつからか「駆け落ち」と呼ばれるようになってきた。「駆ければ血圧が落ちる」という意味で初めは冗談で使われていた流行《はや》り言葉がやがて定着したのだ。無名の世代は「駆け落ち」と恋愛の間に何か繋がりがあると思ってみたこともない。

外来語が使われなくなってきたと言っても、犬の貸し出し所にはまだふんだんにカタカナが並んでいる。義郎は「駆け落ち人」を始めた頃には自分の走る速度に自信がなかったので、なるべく小柄な犬がいいだろうと思ってヨークシャーテリアを借りたが、これが意外に走るのが速かった。義郎が引っ張られて転びそうになりながら息を切らして走っていると、犬は時々「どうだ」という得意顔で振り返る。こころもち上を向いた鼻先が生意気だった。翌朝ダックスフントに鞍替えすると、たまたま全く走る意欲のない無気力犬に当たってしまい、二百メートルほど走ったところで、へんなり地べたにすわりこんでしまった犬を紐で引きずるようにして、やっと貸し出し所に戻った。

「散歩が苦手な犬もいるんですね」

と犬を返す時にやんわり不満を漏らすと、

「は？　散歩？　ああ、散歩ね。ははは」

と店の番をしていた男はとぼけている。「散歩」などという死語を使う老人を笑うことで優越感でも感じているのか。言葉の寿命はどんどん短くなっていく。消えていくのは外来語だけかと思えばそうではない。古くさいというスタンプを押されて次々消えていく言葉の中には後継者がない言葉もある。

先週は思い切ってシェパードを借りてみたが、これはダックスフントの逆で、訓練されすぎていて、こちらが引け目を感じた。義郎が急に気が乗って全速力で走っても、途中でばてて脚を引きずるようにしてやっと前に進んでも、常にぴったり隣を走っている。義郎が犬の顔を見ると、「どう？　完璧でしょ」とでも言いたげな横目を使う。その優等生ぶりが義郎は不愉快になり、もうシェパードを借りるのはやめようと決心した。

そんなわけで義郎はまだ理想の犬を見つけることができずにいるが、「どんな犬が好みですか」と訊かれて口ごもってしまう自分自身に実はひそかに満足していた。若い頃は、好きな作曲家は、好きなデザイナーは、好きなワインは、などと訊かれると得意になってすぐに答えを返した。自分の趣味は良いと思っていたし、それを証明する品を買い揃えるためにお金と時間を費やしていた。今はもう趣味を煉瓦として使って、個性という名の一軒家を建てようとは思わない。どんな靴をはくかは重要な問題だが、自分を演出するために靴を選ぶことはなくなった。今はいている韋駄天《いだてん》靴は、天狗社が最近発売を始めたもので、はき心地が大変よく、どこか草鞋《わらじ》を思わせる。天狗社は岩手県に本社があり、靴の中に「岩手まで」と毛筆で書いてある。この「まで」は、英語を習わなくなった世代が「made in Japan」の「made」を自分なりに解釈した結果できた表現だった。

高校生の頃は、足というパーツに多少の違和感を覚え、身体の他の部分を置き去りにして自分だけどんどん勝手に成長していく柔らかくて傷つきやすい足を丈夫な分厚いゴムで包んでくれるような外国ブランドの靴を好んではいていた。大学を出てしばらく会社勤めをしていた時期には、本当は会社員を続ける気がないことを周囲に見破られないように、かっちりした茶色い革靴をはいていた。作家としてデビューして初めて印税をもらった時はそのお金で登山靴を買った。近くの郵便局に行くときも遭難しないようにきちんと登山靴の紐を結んで出掛けた。

下駄やサンダルを足が喜ぶようになったのは七十を過ぎてからだった。剝き出しになった肌が蚊に刺され、雨に濡れる。不安を静かに受け入れる足の甲をつくづく眺めながら、これが自分なんだ、と思うと、走る意欲が湧いてくる。草鞋に近い靴はないものかと捜しているうちに天狗社の靴に出逢った。

義郎は、玄関で靴を脱ごうとしてよろけて片手を白木の柱につき、木目を指頭に感じた。樹木の体内には年月が波紋になって残るが、自分の身体の中に時間は一体どんな風に保存されているのだろう。年輪になって波紋を広げていくこともなく、一直線上に並ぶこともなく、もしかしたら整理したことのない引き出しの中のように雑然とたまっているのではないか。そう思ったところで再びよろけて左足を床についた。

「どうもまだ片脚で立つ能力が不足しているな」

と独り言を漏らすと、それを聞いて無名が目を細め、鼻を少し持ち上げて、

「曾《ひい》おじいちゃん、鶴になりたいの」

と尋ねた。声を出した途端、風船のように揺れていた無名の首が背骨の延長線上にぴたっと定まり、眼もとには甘酸っぱい茶目っ気が宿った。義郎は美しい曾孫《ひまご》の顔が一瞬お地蔵様の顔に見えてしまったことに動揺し、

「まだ寝間着か。早く着替えなさい」

とわざと厳しい声をつくって箪笥《たんす》の引き出しをあけた。そこには、昨夜寝る前に四角くたたんで重ねて入れておいた子供用の肌着と登校用の服が行儀よく主人の呼び出しを待っていた。無名は夜中に衣服が勝手に外出してしまうのではないかといつも心配している。カクテルを飲んでクラブで踊りまくって汚れてしわくちゃになって帰ってくるのではないかと気が気でない。だから義郎は寝る前に無名の服を箪笥に閉じ込めて鍵をかける。

「自分で着なさい、絶対に手伝わないよ。」

義郎は服一式を曾孫の前に置くと、洗面所へ行って冷たい水でざぶざぶ顔を洗った。手ぬぐいで顔を拭きながら眼の前の壁をしばらく睨んでいる。そこには鏡はかかっていない。最後に自分の顔を鏡に映して見たのはいつだったろう。これでも八十代の頃はまだ鏡の中の顔を点検し、鼻毛が伸びていれば切り、目元の肌が乾いていれば椿クリームをつけたりしていたのだ。

義郎は手ぬぐいを外の竿にかけて、洗濯ばさみでとめた。いつからかタオルを使うのはやめて手ぬぐいばかり使っている。タオルは洗濯してもなかなか乾かず、数が間に合わない。手ぬぐいなら縁側の竿にかけておけば風を呼び寄せて、ふわっと靡いて、いつの間にか乾いている。昔の義郎は、分厚い巨大なタオルを崇めていた。使った後で洗濯機に押し込んで惜しげなく洗剤をばさばさ入れる度に贅沢な気分を味わったものだが、今思うと滑稽でもある。かわいそうな洗濯機は四苦八苦して重いタオルを何枚もドッタンバッタンお腹の中でまわして、すっかり疲れて、三年もすると過労死してしまう。死んだ百万台の洗濯機たちは太平洋の底に沈んで、魚たちのカプセルホテルになっている。

八畳の部屋と台所の間には幅二メートルほどの板の間があり、そこにピクニック用の簡易テーブルと釣り人の使うような折りたたみ式の椅子が置いてあった。浮きたった遠足気分を更に煽るように、テーブルの上には狸の絵の描かれたまるい水筒が置かれ、大きなタンポポの花が一輪さしてあった。

最近のタンポポは、花びらの長さが十センチくらいはある。市民会館で毎年行われる菊の品評会にタンポポを出品した人がいて、それが菊として認められるかどうかが問題になったことさえあった。「大きなタンポポは菊ではなくタンポポの突然変異に過ぎない」と反対派は主張したが、「突然変異は差別用語だ」という反論が出て論争に火がついた。実際、「突然変異」という言葉はこういう文脈ではもうほとんど使われておらず、かわりに「環境同化」という言葉が流行っていた。野の花たちの多くが巨大化していく中で、自分だけ小さければ日陰者になってしまう。タンポポも今の環境で生き残るために大きさを変えたのだろう。しかし、逆に自分だけ小さくなるという戦略をとった植物もある。どんなに育ってもせいぜい小指くらいの高さにしかならない新しい品種の竹が生まれ、コユビダケと呼ばれるようになった。こんなに小さな竹では、たとえ月出身の赤ん坊が中で光っていたとしても、お爺さんとお婆さんは四つん這いになって虫眼鏡で捜さなければ見つけることができないだろう。

タンポポ反対派の中には、「菊は家紋に選ばれるような高貴な花であり、タンポポは雑草だからいっしょにしてはならない」と主張する人たちもいた。一方ラーメン屋の労働組合を芯にして作られたタンポポ賛成派同盟は、「雑草という草はない」という皇室から出た名言を引用して敵をうならせ、七ヵ月続いた菊タンポポ論争に終止符が打たれたのだった。

義郎はタンポポを見ると、子供の頃に野原に一人仰向けに寝転がって空を眺めていた時間を思い出す。空気は暖かく、下草はひんやりしている。遠くから鳥のさえずりが聞こえてくる。首を横にまわすと、隣に立つタンポポは目の位置より少し高いところに咲いていた。義郎は目を閉じ、唇を鳥の嘴のように突き出してタンポポの花に接吻し、それからあわてて上半身を起こして誰にも見られなかったか確かめてみたこともあった。

無名は生まれてから一度も本物の野原で遊んだことがない。それでも自分の中で「野原」のイメージをつくって、それを大切に育てているようだった。

「ペンキ買ってきてよ。壁を塗ろう」

と無名が突然言い出したのは数週間前のことだ。義郎は理解しかねて、

「壁？　まだきれいじゃないか」

と言い返した。

「空みたいに塗るんだよ、空色に。それで雲の絵を描いて、鳥の絵も描いて。」

「家の中でピクニックか。」

「だって、外でピクニックなんて無理じゃないか。」

義郎は唾をのんだ。何年かしたら、もう全く家の外に出ることができなくなって、室内にペンキで描いた風景の中で生きていくことになるのかもしれない。義郎は無理に楽しそうな顔をつくって、

「そうだね、青いペンキが手に入るか捜してみるよ」

と答えた。もし無名がそのような監禁状態に恐怖を感じない心を持っているなら、それを敢えて壊す必要はない。

無名は椅子にすわるのが不得意で、畳の上にすわって、漆塗りに鳴門模様の箱膳で食事をする。まるでお殿様ごっこでもしているように見える。宿題は窓際の座り机ですます。そのくせ義郎が、

「椅子とテーブルはいらないから、どこかに寄付してしまおうか」

と提案すると猛烈に反対する。無名にとって椅子やテーブルは家具としては役にたたなくても、そこにない何か、過ぎ去った時代、決して訪れることのできないだろう遠い国々を喚起させるインスタレーションなのだった。

義郎は、にわか雨のような音をたててパラフィン紙の中からライ麦パンを取り出した。四国スタイルのドイツパンで、色は焦げついた闇、重さは御影石である。外の皮はばりばり固く乾いて、中はしっとり湿っている。かすかに酸味のあるこの黒パンに

は、「亜阿片」という変わった名前がついていた。パン屋の主人は、自分の焼くパンに、「刃の叔母」、「ぶれ麺」、「露天風呂区」など変わった名前をつけている。店のドアには、「パンはいろいろ。自分の口に合うパンを捜しましょう」というポスターが貼られていて、この標語は義郎の言語神経にはしらじらしく感じられるが、パン屋の分厚い耳たぶを見ていると信頼感が戻ってくる。これて焼いたら美味しそうな耳たぶで、コシがあって噛んでいるうちに甘みも出てきそうだった。このパン屋は、「若い老人」である。かつては「若い老人」という言葉を聞いて吹き出す人もいたが、この言い方もいつの間にか定着した。九十代に至ってやっと「中年の老人」と呼ばれる時代に、パン屋の主人はまだ七十代の後半に足を踏み入れたばかりだった。

　朝起きなければならないのに蒲団の中でぐずぐずしているのが「人間らしさ」だとすると、この男には人間らしさは微塵もない。毎朝四時になると、目覚ましが鳴るわけでもないのに、びっくり箱から飛び出してくる尻にバネのついた人形のように身を起こす。それから長さが十センチもあるマッチを擦って、添え皿の上に固定された直径五センチ高さ十センチの蠟燭に火をつけ、その光をかざして真っ暗なパン工房に踏み込んでいく。見慣れた仕事場なのにまるで初めての神殿にでも入るように気持ちをひきしめて入っていく。自分の眠っている間に誰かがこの空間で見えないパン生地を発酵させて焼いてくれた、その温もりがまだかすかに宙に残っている。見えない夜のパン、決して売られることのないそのパンがあってこそ昼間のパンは存在するのだと思う。別空間から香りが流れ込んでくる時間はとても短い。夜のパンを焼いている存在とは決して顔をあわせることができないけれど、一人で作業にかかる時に寂しさを全く感じないのは、その不思議な存在のおかげなのかもしれない。開店は早朝六時十五分、閉店は夕方六時四十五分、こういう時間の決め方から、もしかしたら昔は教育関係の仕事をしていたのではないかと思う人もいるが、種をあかせば、自分が目覚める時間と各作業にかかる時間を正確に計って割り出したらこうなったというだけの話である。会社員の場合は、会社側が八時半出勤と決めれば、眠い社員も眠くない社員も全員その時間ぴったりに出勤しなければならないが、このパン屋は自分で勝手に決めた規則を忠実に守っていた。

店には従業員が一人いて、この人は義郎と同じように百歳を越えている。小柄で身体の動きがイタチのように速い。義郎がその動きを目で追っているとパン屋の主人は義郎に顔を近づけて、

「叔父なんです」

と耳打ちした。

「百歳を越えると休憩の必要はなくなるんだと本人は言っています。叔父さん、ちょっと休んでお茶でも飲んだらどうって言うと怒って、近頃の若い者は休憩時間の方が

労働時間より長い、なんて逆にこっちが叱られる。」

義郎はしきりと頷きながら答えた。

「老人は昔から、最近の若者は駄目だって愚痴を言うものと決まっている。そういう愚痴を言うことが老人の健康にはいいんだそうです。若い人の悪口を言わせてから血圧を測ると下がっているらしい。」

若い老人であるパン屋は、「若い」とか「中年の」という形容帽子を被らない正真正銘の「老人」である義郎の顔を羨ましそうに眺めながらこう言った。

「実は叔父の方が僕より血圧が低いんです。何の薬ものんでいないのに。お客さんも血圧が低そうですね。ああして働いている叔父を見ていると、六十代の若者が定年退職する時代があったのが不思議です。」

「定年退職は不思議な制度でした。でも若い人間に職場を譲るという意味では大切な制度だったんですよ。」

「僕は実は絵を描いていたこともあって、自分がいつまでも定年退職できないことを誇りに思っていたんです。」

「やめたんですか。」

「ええ。実は抽象画を描いていたんですが、これはアルプスの風景である、なんて言い出す評論家が必ずいるんで、ひやひやしてね。わたしが描く絵はみんななぜか外国の風景だと思われてしまうんですよ。これには本当に悩まされました。身の安全のために家業を継いで、パンを焼いて暮らすことにしたんです。パンこそヨーロッパから来たものなんですけれど、なぜかパンは許されるんですよね。」

「昔は、フランスパンとかイギリスパンという言葉がありましたね。そう呼ぶとかえって日本的で懐かしいな。」

義郎の声は外国の国名が出てくる度に小さくなっていった。目の玉を左右にきょろきょろと動かして、まわりに人がいないか確かめるとパン屋はこう言った。

「このパンも実は昔はジャーマンブレッドと呼ばれていました。今の正式名は讃岐パンです。パンも外来語なんですけどね。」

「パンは遠い国が存在するということを思い出させてくれるからいいですね。食べるのはご飯の方が好きですが、パンには夢がありますよ。これからもお願いします。」

「ええ。でも、この仕事はかなりきつい肉体労働なんでね。まだ力を抜くのが下手で、腱鞘炎にならないか心配です。夜床に入って横になると腕が重い。人造人間みたいに、肩から腕をはずして寝ることができたら楽だろうな、なんて思うこともあります。」

「身体の力を抜くコツを教える講座があるでしょう。この間、広告が出ていました。場所は確か水族館で。腱鞘炎の鞘の字が蛸という字と似ているんで覚えているんです。」

「あ、そのポスター見ました。蛸に学ぶ軟体生活。」

「そうそう。昔は軟体動物なんて馬鹿にしていたけれど、もしかしたら、人類は誰も予想していなかった方向に進化しつつあって、たとえば蛸なんかに近づいているのかもしれない。曾孫を見ていてそう思います。」

「一万年後はみんな蛸ですか。」

「そう。昔の人間はきっと、人間が蛸になるのは退化だと考えていたでしょうけれど、本当は進化なのかもしれない。」

「高校生の頃はギリシャ彫刻みたいな身体が羨ましかった。美大をめざしていてね。いつからか、全然違う身体が好きになった。鳥とか蛸とか。一度すべてを他者の目から見てみたいな。」

「他者？」

「いや、蛸です。蛸の目で見てみたいな。」

　義郎はパン屋と交わした会話を想い出しながら、小さな鍋に入れた豆乳が温まるのを待っていた。無名は歯がもろいので、パンは液体に浸さなければ食べられない。無名の乳歯が石榴《ざくろ》のようにぼろぼろ取れて口のまわりに血がついているのを見た時、義郎はうろたえて、しばらく意味もなく部屋の中をぐるぐる歩きまわった。乳歯は生え替わるものだから心配ない、と自分自身に言い聞かせてやっと心の荒波を鎮め、無名を自転車の荷台に乗せて歯医者に行った。予約がないので二時間以上待たされた。蒸し暑い待合室で義郎は何度も脚を組み直して煙草でも吸うように自分の唇に二本の指を当ててみたり、眉毛をむやみに引っ掻いてみたりして、何度も壁の時計を見上げた。待合室には歯の模型が置いてあった。無名は親知らずの模型を大型トラックに見立てて、赤い絨毯《じゅうたん》の上に置いてゆっくり押していった。義郎は巨大な歯がトラックになって道路を滑っていく人間のいない世界を思い浮かべてぞっとした。

無名は歯の模型に飽きると今度は「犬歯さんの冒険」という大型絵本を膝の上にのせてページをめくり始めた。隣にすわった義郎は絵本をのぞきこんで、いっしょに読もうかどうしようか迷った。自分でもちょうど児童向けの作品を書いているところだった。無名の読めるような本を書いてみたいと思う一方、無名が身近にいるせいでかえって童話が書きにくい。日々抱えている問題をナマで扱っても、答えが出ないことにいらだちを感じるだけで、本だからこそ可能な境地に行き着けない。理想の世界を描いてみたい気持ちもあったが、それを読んだ無名がすぐに自分の環境を変えられるわけではない。

無名は水分をたっぷりたたえた目で絵本をのぞきこんでいる。登場人物は、主人公の犬歯さんの他に、親知らずさん、前歯さん、味噌っ歯さん、金歯さんなどである。犬歯さんは、持ち主がころんでコンクリートに打ちつけられ、割れて、どぶに落ちてしまう。ねずみたちが犬歯さんを見つけて、初めは何なのかわからないがそのうち神様にみたてて神社に祭る。犬歯さんはこうして地下の世界で神様として祭られながら春夏秋冬の行事を無事こなしていくが、ある日、洪水で地下水が溢れ、ねずみたちの神社が流され、犬歯さんも地上に押し流されてしまう。ある子供がそれを拾ってポケットに入れて家に持ち帰る。そこまで読んだ時、順番がまわってきた。

診察室に入って歯医者と目が合うとまだ何も訊かれていないのに、

「欠けてしまったんです」

という言葉が義郎の口から勝手に飛び出してしまった。声が震え、抑揚が揺れて、「書けてしまったんです」に近くなったことに気づき、あわてて、

「欠け落ちてしまったんです」

と言いなおし、それから、

「乳歯ですけど」

と付け加えた。こういうのを倒置法と言うんだ、と思った。一方、無名はまだ漢字がほとんど書けないくせに語彙だけは豊富なので、「落ちてしまったんです、入試ですけど」という意味を漢字抜きで思い浮かべて一人にやにやしていた。

「乳歯は抜けるためにあるのですから普通だとは思うんですけれど、あまりあっさり抜けてしまったので、あわててしまって。普通は抜けまいとしてしがみついたりするでしょう、歯というものは。こんなにあっさり抜けてしまうなんて。それとも心配のしすぎですかね」

と言い訳がましく説明しているうちに義郎は声が淀んできた。歯医者は四角い顔を向けて、

「乳歯の弱さは永久歯にも受け継がれます」

と冷静に答えた。これを聞いて義郎は胸に大きな石を縫い込まれたように感じたが、無名は、

「乳歯は何のためにあるんですか。どうせ抜けるのに」

などと明るい科学少年の顔になって質問している。歯医者はその質問に丁寧に答えてから無名の歯を調べ始めた。検診が終わると誰に教わったのか無名は、

「僕の歯にやさしくしてくれてありがとう」

などとすました顔でお礼を言ったので義郎は胃がひっくりかえるほど驚いた。そのような翻訳調の挨拶をどこで覚えてきたんだろう。絵本でさえ翻訳されることがなくなったこの時代に本当に不思議なことだった。

この世代の子供たちのほとんどがそうだが、無名にはカルシウムを摂取する能力が

足りない。このまま行けば人類は歯がない生き物になってしまうのではないかと歯医者からの帰り道に義郎がくよくよこね回していた考えを無名はすぐに読み取って、

「雀も歯がないけれど元気だから平気だよ」

と言った。無名は人の心の中を読み取ることができる。おおよそ見当をつけるのではなく、文字を読むようにはっきり読めるのではないかと義郎は気味悪くなることさえある。だから無名の将来については、できるだけ悪い方に考えないように義郎は気をつけているが、不幸の満ち潮はこちらの意思とは関係なく定期的にやってきて、自分でも気がつかないうちに悶々と悩んでいることが多い。

「曾おじいちゃんだって歯がないのにご飯たくさん食べるし、元気だし。」

まだ心配の潮が引かない義郎を無名が更に励ます。曾孫の発想力が年寄りを慰める方向にばかり発達していくことを義郎は後ろめたく感じる。自分のことだけ考えて、無茶を重ねて、自由気ままに生きてほしいのに。

無名にカルシウムを少しでも多く摂らせようと、毎朝牛乳をコップに半分ほど飲ませた時期もあったが、かえってきたのは、「下痢」という答えだった。入ってきたものを内臓が毒だと見極めた時になるべく早く体外に出す巧みな技が下痢なのだと、歯医者が教えてくれた。頭の中に脳があることはよく知られているが、実は下半身にももう一つ腸と呼ばれる脳があって、両者の意見が一致しない場合は腸の意見が優先さ

れるのだそうだ。頭脳が「参議院」、腸が「衆議院」と呼ばれることがあるのはそのためらしい。衆議院選挙の方が頻繁に行われるので、参議院よりも国民の意見をこまめに反映していると一般的には信じられている。それと同じで、腸の中味の方が回転が速いために、脳よりも正確に本人の今の状態を反映していることになる。

無名は歯医者へ行って口を開ける時、口だけ大きく開けることができないのか、目も大きく見開く。一度などは口を大きく開けすぎて顎がはずれそうになってあわてて閉じ、両目もいっしょに閉じて、

「喉の奥に地球があるよ」

と言ってからまた口と目を大きく開けたこともある。小児科に定期検診に行った時も一度、この「地球」が出て来た。無名はシャツをくるくる上にまくりあげ、あばら骨が浮き上がって見える薄い胸板を突き出して平然とした声で、

「この胸の中に地球があるよ」

と言ったのだった。義郎は驚きを隠すために顔をそむけて、窓ガラスを通して庭木を観賞するように鼻をもちあげ、目を細めた。

「診断」が「死んだ」と響きが似ているため、「定期診断」という言葉はいつからか使われなくなり、「月の見立て」と呼ぶ医者が増えてきた。小児科に定期検診に行くと、まず舌と喉を丹念に調べ、瞼をひっくりかえして目を診る。それから、手のひ

ら、顔、首、背中の皮膚を丹念に調べ、髪の毛を一本抜いて分析し、耳の中、鼻の中まで光をあてて調べあげる。

「細胞がどのくらい破壊されているか、調べているんですよね」

とある時、義郎が不安を抑えられなくなって確認すると、医者はにやっと笑って、

「そうです。でも細胞を機械に入れれば破壊度が数字になって出てくるというようなことはありえないんです。もしそんなことを言う医者がいれば、それは一種の詐欺ですよ。本当に診なければならないのは、やはり身体そのものですよ」

と答えた。

この小児科医は佐鳥《さとり》先生といって、遠い昔、義郎の母親がかかった癌専門医の佐鳥先生の遠い親戚に当たるそうだが、二人は声にも表情にも少しも似たところがない。癌専門の佐鳥先生は、患者を子供扱いするような言葉遣いをする人だった。患者が質問をするとまるで批判されたように眉をつり上げて、「そんなつまらない疑問は頭から追い出して、わたしの言う通りにしていれば病気は治るんです」と不機嫌に言い放つことさえあった。無名を定期的に診てくれている方の小児科医の佐鳥先生は、義郎や無名が質問すると豊かな知識を惜しげもなく分け与えてくれる。その言葉遣いには見下すようなところは全くないし、質問はもちろんのこと、批判されることさえ恐れていない。そうと分かっていても義郎はあまり質問をしなかった。帳面に書き記され

る無名の健康状態についても、数字の裏に隠された意味を問いただしたために、実はすべての九が苦で、四が死であることが明るみに出るのを恐れ、何も質問せずにうなずいてばかりいた。

子供の健康状態についての書類は助手の手で書き写され、飛脚伝達人の手で新日本医療研究所中央局に届けられる。脚がカモシカで、町の地図が全部頭に入っている飛脚伝達人を主人公にした「浜風の便り」というマンガが流行って以来、この仕事に憧れる子供が増えたが、今の子供には体力的に難しいだろう。近い将来、若い人はみな事務の仕事につき、身体を使う仕事は老人たちが引き続き行うことになるのかもしれない。

子供たちの健康状態に関するオリジナルデータはすべて手書きで、それぞれの医者が自分の判断でどこかに隠しているらしい。犬小屋の奥や大型煮込み鍋の中に医者が書類を隠しているマンガが新聞に時々載っている。義郎はそれを見て笑ったが、ひょっとしたら風刺ではなく実話なのかもしれないと後で思った。

各医院から医療研究所に届けられるデータは手書きの写しなので、誰かが多量のデータを短時間で書きかえたり、消滅させたりすることはできない。そういう意味では、優秀なプログラマーが考え出した一昔前のセキュリティシステムよりもこの方法の方が優れている。

健康という言葉の似合う子供のいなくなった世の中、小児科医たちは労働時間が増え、親たちの怒りと悲しみを一手に引き受けなければならなくなっただけでなく、実情を新聞記者などに話すとどこからか圧力がかかった。不眠が重なり、自殺者が増え始めると小児科医たちはまず労働組合を作って労働時間を堂々と縮め、保険省に強いられていた報告書の提出を拒否し、大手の製薬会社と手を切った。

無名は小児科の先生が好きで、定期検診に行くのを全く嫌がらない。歯医者に行く時は嫌がらないどころかむしろ遠足の日のような浮かれようで、気が重いのは義郎の方だった。無名は高い椅子にすわって歯医者と話をするのを何より楽しみにしていた。この間も、

「牛乳のにおいが嫌いな子に無理に牛乳を飲ませてはいけませんよ。でも、好きな子にも飲ませ過ぎてはいけません」

と歯医者に言われて義郎が、

「はい、そのお話はもう伺いました」

と答えると、歯医者は今度は無名の顔を覗き込んで、

「君は牛乳が好きか」

と真剣な声で訊いた。無名は迷わず、

「ミミズの方が好きです」

と答えた。義郎には牛乳とミミズを繋ぐ線が見えず、内心うろたえて窓の外に視線を逃がしたが歯医者は平然として、

「そうか、それじゃ君は子牛ではなくて、ひな鳥だな。子牛はお母さん牛のお乳を飲んで育つが、鳥の雛は親鳥がとってきてくれたミミズを食べて育つ。でもミミズは土の中に住んでいるから、土が汚染されていた場合、汚染度は高いよ。最近の鳥があまりミミズを食べないのはそういうわけだ。だからミミズは余っていて獲りやすい。雨の降った後なんか、ミミズがたくさん道路に出てのたうちまわっていることもある。でも君は余っているミミズなんか食べるな。空を飛んでいる羽虫をつかまえて食べるんだ」

と言った。まるで歯の磨き方について説明しているような淡々とした口調だった。義郎が作家だと知っていて競争心を起こして、わざと飛んだ話をしているのだろうか。それとも無名と歯医者はいつの間にか同じレベルの未来に達していて、義郎だけが取り残されてしまったのだろうか。

歯医者には巧みな話術を楽しむ人が多いが、それはおそらく一秒でも長く自分の美しい歯を人に見せていたいからだろう。この歯医者もまもなく百五歳の誕生日を迎えるそうだが、顎は頑丈そうに角張って、口をあければ大きな四角い歯が一列に並んで白く光っている。できることならそれを奪って曾孫にプレゼントしたいものだと義郎

がひそかに思っていると、歯医者はまた大きく口を開いて話し始めた。

「カルシウムは魚や動物の骨から摂取するのがいいという説もあります。ただしその骨は地球が還元不可能なところまで汚染される前に生きていた動物のものでなければいけない。だから地下のとてつもなく深いところから恐竜の骨を掘り出せばいいなんて言い出す連中がいる。北海道にはすでにナウマン象の骨を発掘して粉にして売っている店があるそうです。」

義郎はどういう偶然か翌日、古代生物学の研究をしている教授が文化遊園でナウマン象について講演するというチラシが小学校の塀に貼ってあるのを見つけ、家に戻ってから壁にかけた暦に「ナウマン象」と書き込んだ。講演を聴きに行くのは義郎の道楽だった。無名は暦の前を通る度に「ナウマン象」という言葉に釘付けになって、せわしなくまばたきした。まるで言葉そのものが動物で、じっと見つめていればいつか動き出すとでも思っているようだった。義郎は無名をその場に縛りつけてしまった魔法を解くように、

「ナウマン象は、五十万年前に生きていた象だよ。大学の先生が来てその象について話をしてくれるんだそうだ。聴きに行こうね」

と言ってみた。すると無名はぱっと顔を輝かせて、「極楽！」と叫んで両手を挙げてその場で宙に跳ね上がった。義郎はびっくりしたが、無名の跳躍のことはそれっき

り忘れてしまった。

ナウマン象だけではない。サギでもウミガメでも、無名は生き物の名前を見たり聞いたりすると、名前の中からその生き物が飛び出してくるとでも思っているのか目を離すことができなくなる。

動物の名前だけでなく、生きた動物そのものが目の前にあらわれてくれたら無名は心に灯《ひ》がついたように喜ぶだろうと思うのだが、この国ではもうかなり前から野生動物を目にすることはなくなっていた。義郎は学生時代にドイツのメットマンという町からやって来た女性を連れて数日、東京から中山道を通って京都まで案内したことがあるが、その時、「日本には蜘蛛《くも》と鴉しかいないんですね」と言われて驚いた。鎖国が始まってからは、そういう辛いコメントで目を醒まさせてくれる遠方からの客もいなくなってしまった。義郎は、動物について考える度にこの女性のことを思い出す。名前はヒルデガルトといった。ヒルデガルトと義郎は同い歳だった。「ハロー、ヨシロー?」今でも時々、声が聞こえることがある。電話などないのに空中でジジジッと短く電気音がして、それから「ハロー」が何度か繰り返され、尻上がりに問いかける「ヨシロー?」の独特な発音が鼓膜にねばりつく。「ヨ」の後、一息入って、「シ」が強くうねり上がり、「ロ」は短かめで尻切れトンボなくせに、手をさしのべるような仕草を感じさせる。

それから二人は、たどたどしい英語の言葉を交わす。義郎は、「今日は何を食べたの？」とか、「野菜はどこで買い物するの？」とか「小さな子供たちは外で遊ぶのが好きなの？」など簡単な質問を並べていく。ドイツも日本と同じような環境になってきているのか、それとも昔のままの環境なのか、孫や曾孫は健康なのか、それが知りたくて仕方ない。ヒルデガルトが、「庭で育てたインゲンをハーブといっしょに茹でているの」と答えた途端、義郎は鍋からたちのぼる湯気を吸い込んだような気がしたが、幻の電話の声はすぐに小さくなって聞こえなくなってしまい、幻聴だったのか、それともヒルデガルトが本当にそう言ったのか、自信がもてなくなった。いずれにしても目を閉じると義郎には見えるのだ。ヒルデガルトの曾孫たちが、庭を駆けまわり、池を飛び越えて、背伸びして林檎《りんご》をもぎ取り、虫食いの穴のあいた酸っぱい林檎を、そのまま洗わずに丈夫な真っ白な歯でかぶりついている。食べ終わったら、野の花を摘みに行こうか、それとも小川に魚を見に行こうか迷っている。

義郎は一度でいいからヒルデガルトを訪ねてドイツに行ってみたいと思うが、日本と海外を結ぶ線はすべて絶たれてしまった。そのせいか地球はまるいのだと足の裏が感じることもなくなった。旅ができるまるい球が存在するのは、頭の内部だけだった。頭の内側の曲線をたどって、裏側を旅するしかない。

義郎は小さな旅行鞄に着替えと洗面用具をつめ、電車とバスを乗りついで成田空港へ向かう自分を思い浮かべてみた。もう何年も足を踏み入れたことのない新宿の町は今どうなっているのだろう。廃墟というには賑やかすぎる看板たち、自動車など一台も走っていないのに律儀に赤くなったり青くなったりしている信号機、社員のいない会社の入り口の自動ドアが開いたり閉まったりするのは風で街路樹の大枝がしなうからか。宴会場では、冷え切った煙草のにおいが水銀色の静寂に凍りつき、テーブルがぎっしり詰まった雑居ビルのどの階も不在という名の客が飲み放題食べ放題で騒ぎたて、借りる人のいないサラ金の利子が錆びついて、誰も買わないバーゲンの下着の山が蒸れて、雨水のたまったショーウィンドウに飾られたハンドバッグには黴《かび》が生え、ハイヒールの中で鼠が一匹悠々と昼寝している。道路のアスファルトはひび割れ、その割れ目からまっすぐ空に向かって伸びているぺんぺん草は高さが二メートルもある。昔は歩道の脇に箒のように細々と遠慮がちに立っていた桜の木も、都心から人間たちが姿を消してからは胴回りが太くなり、枝は四方に勢いよく手を伸ばし、こんもり茂った緑のアフロヘアーが上空でゆっくり左右に揺れている。

義郎は新宿駅から成田空港まで無人エクスプレスに乗っている自分を想像してみる。実際は、空港行きの電車などもう存在しないし、カタカナ独特の高価な速度を売りつけるエクスプレスに乗る人もエスプレッソを飲む人も見あたらない。空港ターミナル駅の改札を出て空港内に入る関所にも誰も人がいないので旅券を見せる必要もない。「民なる」と書かれた看板がはずされてそのまま壁に立てかけてある。びくともしないエスカレーターを階段がわりに使ってぎしぎし登って行くと、どのチェックイン・カウンターも無人で、頭上には雨傘のように大きな蜘蛛の巣がかかっている。立ち止まってみると、そんな蜘蛛の巣の端に手の平くらいの大きさの蜘蛛が身を潜めて、じっと獲物を待っている。蜘蛛の背中の派手な縞模様は、上から黒、赤、黄色。これからドイツに飛ぶところだから、そういう色の組み合わせなんだろう、と義郎は納得する。おそるおそる隣のカウンターに目をやると、赤、白、青の縞模様の蜘蛛がいた。星の模様をちりばめた赤い蜘蛛もいる。

どういうわけか、義郎はそんな空港の様子をはっきりと思い浮かべることができた。自分から思い浮かべようとしなくても映像が勝手に脳に入ってきて、小説に書いてくれ、書いてくれ、とせがむ。しかし、誰も行く人のいない空港の様子を書くのは危険である。仮にそこに何か国家機密が隠されていて、誰も行けないように工夫が凝らされているとする。義郎は、禁じられた場所にうまく潜り込んで秘密を探り出すつもりなど全くない。しかし、自分の空想の中の空港を綿密に描写して作品として発表し、たまたまそれが事実と一致した場合、国家機密を漏らしたのと同じことだと言いがかりをつけられて、逮捕されてしまうかもしれない。空想だということを裁判で立証するのは意外に難しいのではないか。そもそも裁判はちゃんと行われるのか。義郎は自分が投獄されるところを想像してもそれほど恐ろしさは感じないが、一人残された無名がどうやって生きていくのか考えると心配で、危険をおかす気にはなれない。

貸し犬と猫の死体以外に動物を見かけないことさえ気にならなくなって何年たつだろう。こっそり兎を飼っている人たちがいて、彼らは「兎組」という組織をつくっているそうだが、親戚知り合いにはそういう人もいないので、無名に兎を見せてやることさえできない。

「無名、お前、動物学者になるか。」

無名が動物図鑑を見ながら熱心にシマウマの絵を描いているのを見ると義郎はついそんなことを言ってしまう。無名が動物学の教授になるだけでなく、旅をして野生動物を観察し、エッセイを書いて作家としても名をあげるところまで夢みてしまう。だが、目元をゆるめていた微笑みもしばらくすると凍りつく。

義郎は厠《かわや》に入って便器に尻を載せ、ナウマン象の後ろ姿を思い浮かべた。無名が水たまりになった象の足跡を虫眼鏡で観察しているところを思い浮かべた。それから腹立たしげに紙をむさっと手に取った。義郎は新聞記事の切り抜きを手で柔らかく揉んだものを木箱に入れて厠紙として使っている。政治が尻っぺたに貼りつくようでぞっとすることもあるが、肌につく時には鏡文字になっているのだからいい気味だ、と思って自分を慰める。自分の尻の下でこれまでの政治が「逆」あるいは「反対」になる。

子供の健康に関する記事を新聞で見つける度に切り抜いて保存していた時期があったが、それもいつからかやめてしまった。一度読んだ記事を読み返すことは実際上なかったし、綴じ込みファイルの数が増えて棚を占領し始めると壁が重圧感を持ち始めた。義郎は長年、「捨てる理由のないものは捨てない」という規則に従って暮らしていた。仮設住宅での生活が長くなるに従って、それは、「過去六ヵ月、生活に必要のなかった物はすべて捨てる」という新しい規則に変わっていった。

古い新聞記事に未練がなくなったのにはもう一つ理由がある。子供の健康に関する情報は、秋の天気よりも男心よりも気ままに変化していく。「早起き健康法」という記事が載ったかと思えば、数日後には「寝坊する子は背が伸びる」という大きな活字の見出しが目に飛び込んでくる。「間食する子は食欲がない」という記事の後を追うように、「欲しがる子供に甘いお菓子を与えないと暗い性格になる」という内容の随筆が出る。「とにかく歩かせることが大切」という専門家のアドバイスが載っていたかと思えば、無理に歩かせて膝の骨がすり減ってしまった子供の話が載る。義郎は無名の将来にどんな運命が待っているのか予想できないまま、少なくとも現在という時間の足下が崩壊しないように必死で目をみひらいて、その日その日を過ごしている。

台所では鍋が高慢に光っている。特に高級な鍋ではないのになぜこういう光り方をするのか。義郎は時々横目で鍋を睨みながら、大きな菜切り包丁でオレンジをざっくり真二つに切った。包丁もまた光を放っているが、その光には高慢なところが微塵もない。よく切れる菜切り包丁を購入できたのはパン屋のおかげである。近くの本屋で来週自分の知り合いが包丁の販売を行う、とパン屋が教えてくれたので、どうして本屋で包丁を売るのか訊くと、包丁をつくっている男の書いた自伝がよく売れていてサイン会があり、その際に実物の包丁も売るのだという。持ち手の木肌に「土佐犬」という字が焼き付けてあるが、犬だと思ってはいけない、とパン屋はにやにやしながら教えてくれた。土佐犬というのは包丁の銘柄だそうだ。その朝、本屋の前にすでに五十人くらいの列ができていた。義郎はこのようにうきうきした気持ちで列に並ぶのは本当に久しぶりだった。やっと自分の番がまわってきた。義郎は、本と包丁のセットを買ってサインをもらいながら、

「全国をまわっていらっしゃるんですか」

と訊いてみた。

「いいえ。今回は兵庫県と東京の西域だけです。」

そうか、この辺の地域は外部では「東京の西域」と呼ばれているんだ、昔よく使われていた「中近東」という名称と似て、どこから見ても遠くてエキゾチックな場所だという印象を与える妙な言い方だな、と義郎は思った。包丁造りの名人は、義郎が「東京の西域」という言い方に引っかかっていることには気づかぬ様子で続けた。

「本当は東北や北海道の方がよく売れるんでしょうけどね。あちらは景気がいいから。でもなにしろ遠いですから。昔はニューヨークまで売りにでかけたこともあって、遠いとは思わなかったんですけれど、距離って不思議なもんですね。」

「ニューヨーク」というところだけ声が低くなって、かすれた。外国の都市の名前を口にしてはいけないという奇妙な法律を破って罰せられたという話はまだ聞いたことはないが、それでも外国の地名を口にする時は誰もが警戒するようになっていた。これまで適用されたことのない法律ほど恐ろしいものはない。誰かを投獄したくなったら、みんなが平気で破っている法律を突然もちだして逮捕すればいいのである。

　包丁は買ってよかったと思うが、自伝の方は典型的な努力人間お涙頂戴伝で、我慢して半分までは読んだがどうしてもそれ以上読み進むことができなかった。そんな本でも一ヵ所だけ光っている部分があった。作者が日の出前に起き、蠟燭に火をつけて仕事場に入るところで、しばらくは眠くて自分が誰だかわからない、というくだりだった。自分は夜型の人間なので起きるのはつらいが、日の出前に起きなければいけないという教えだけは守っているのだと書いてある。その教えが何かの宗教から来ているのか、それとも職人の伝統なのか、家伝なのか、全く説明がない。その代わり、直径五センチで高さが十センチだなどと、蠟燭のサイズが妙にくわしく記されている。

四国で包丁をつくっているこの男のことをパン屋はどうして知っているのだろうと、そんなことも気になって、次にパンを買いに行った時に、

「四国に住んでいらしたこともあるんですか」

と何気なく訊いてみると、

「実は讃岐パンのルーツを求めて四国まで行ってみたことがあるんです」

という答えがすぐに返ってきた。旅の話をもう少しくわしく聞きたいと思ったが、いつもはおしゃべりなパン屋がこの時はしらっと顔をそむけて仕事に戻ってしまった。

買ってよかった。この包丁を握ると義郎の手の中で二つ目の心臓が鼓動し始める。果物はそんなに意気込んで切るものではないと言う人もいるが、今の義郎には肉や魚ではなく、オレンジこそが切れ味を試す真剣勝負の相手なのだ。果物の密な繊維に守られた奥深い空間から尊い滴を見つけ出してきて無名に与えるという使命感に義郎は武者震いする。ふてぶてしいオレンジのツラの皮よ、その下で果房を更に包むしぶと

い柑橘貴族の白い手袋よ、そしてそのまた中で水分を外に漏らすまいと自閉する淫房よ。包みが何重にも邪魔するから我が愛する曾孫が果汁の甘さを満喫できないのだ。

　果物だけではない。キャベツも牛蒡もそう簡単に食われてたまるかと、繊細繊維バリケードを張っている。植物には物静かそうに見えて一歩も譲らない強情さがある。それが憎い。包丁は目的地に向かって、ためらわず、踏みとどまらず、スイスイ切り進む。強引だからではない。無駄な迷いがないから、細く鋭くあり続けることができるのだ。

「無名、待っていろ。お前が自分の歯では切り刻めない食物繊維のジャングルを、曾おじいちゃんが代わりに切り刻んで命への道をひらいてやるから。俺は無名の歯だ。無名、太陽をどんどん体内に取り入れろ。自分はサメだと思ってごらん、口の中には立派な歯が並んでいる。見ただけでみんなが逃げていくような大きな尖った歯だ。唾液は満ち潮、波の襞がひたひた押し寄せてくる。お前は喉の筋肉がすごく発達しているからね、地球をそっくりそのまま呑み込んでしまうことだってできるよ。お前の胃は室内プールだ。胃液でひたひた満たされている。天井がガラスでできているから、プールの中の胃液に太陽がまるごと浸かっている。地球は他の星と違って、太陽の光の恵みを毎日受けている。お天道様のおかげでこの地球には変な形がたくさん生まれてきた。今でもクラゲや蛸や襟巻きトカゲや蟹やサイや人間やその他いろいろな生き物たちが絶えず変化しながら生き続けている。豆みたいな胎児から芽が出てハート形に開いて、音符みたいなオタマジャクシが木魚みたいなカエルになって、芋虫が蝶になって、皺だらけの赤ん坊が皺だらけの翁《おきな》になる。この何十年かでたくさんの生き物が絶滅してしまった。でも、まだまだ地球は暖かいし明るい。」

恥ずかしくて声には出せないようなセリフを心の中で唱えながら、義郎はこれだという手応えを見つけるまで菜切り包丁を何度も握り直す。オレンジを真っ二つに切ってしぼって無名にジュースをつくってやる。果物は果物のまま、まるごと無名に食べさせようとして皮を剝いて刻んで与えていたこともあるが、それでは学校に遅刻してしまう。ジュースならば十五分くらいあれば飲める。とは言うものの「飲む」という行為も無名にとっては楽ではない。無名は黒目を回転させながら喉のエレベーターを必死で上下させ、液体が下へ送り込まれていくように努力する。液体が逆流してきて喉が焼けることがある。それを押し戻そうとして気管に入り、激しい咳き込みが始まることもある。一度咳き込み始めるとそれがなかなか止まらない。

「無名、平気か、苦しいか。息できるか」

と義郎は自分の方が目に涙を浮かべながら、無名の背中を軽く叩いたり、頭を腕で巻いて胸に押しつけたりしている。無名は苦しそうに見えながら、どこか平然としている。まるで海が嵐を迎えるように無抵抗に、咳の発作が通り過ぎるのを待っている。

そのうち咳がやむと、無名は何事もなかったような顔をして、再びジュースを飲み始める。義郎の顔を見ると無名は驚いたように、

「曾おじいちゃん、大丈夫？」

と訊く。無名には、「苦しむ」という言葉の意味が理解できないようで、咳が出れば咳をし、食べ物が食道を上昇してくれば吐くというだけだった。もちろん痛みはあるが、それは義郎が知っているような「なぜ自分だけがこんなにつらい思いをしなければならないのか」という泣き言を伴わない純粋な痛みだった。それが無名の世代の授かった宝物なのかもしれない。無名は自分を可哀想だと思う気持ちを知らない。

義郎が子供の頃は、風邪を引いて熱が出ただけで、母親が赤ん坊のように世話してくれた。自分を可哀想だと思う気持ちは甘く、切なく、しんみり身にしみた。成人してからでも、病気にさえなれば、どんなに気が進まなくても絶対に行かなければならない会社を堂々と休んで蒲団の中で小説を読んだり考え事をしたりして過ごせることがわかった。インフルエンザにかかるのは簡単だった。睡眠時間を短くすればいい。しかも、薬をのんで治せば、数ヵ月後に確実にまたインフルエンザにかかることができた。やがて義郎は自分が欲しているのは実はインフルエンザにかかることではなく、会社を辞めることだと気がついた。

無名は幸い、病気にしがみつく大人の醜態を目にしたことはない。このまま成長すれば、病人としてまわりに媚びることもなく、自分を可哀想だと思うこともなく、死ななければならない瞬間まで楽に生きていくことができるのかもしれない。

最近の子供の九割は微熱を伴侶にして生きている。無名もいつも微熱がある。毎日熱を計るとかえって神経質になってしまうので、熱は計らないようにと学校側から指示が出ている。「今日は熱があるね」と言えば子供は身体のだるさを思い出す。熱が出る度に学校を休ませれば、ほとんど学校に行けなくなる子もたくさん出てくるだろう。どの学校にもちゃんとした医者が必ず一人は待機しているのだから、病気の時こそ登校した方がいい。「熱は細菌を殺すために出るものだから解熱剤をのんではいけない」ということはかなり前から言われていたが、「熱を計ってはいけない」という指示が出たのは比較的最近のことだった。

義郎は無名といっしょに体温計をモノノ墓地に埋めてしまった。それは敬意を持って別れたいものを誰でも自由に埋めることができる公共の墓地だった。一度埋めても未練がましくまた地上に這い上がってくるものもあるようで、その日は雨足に荒らされた土の表面から、赤い太陽の描かれた白いはちまきが半分顔を出し、風に吹かれていた。受験勉強を終えた高校生が埋めたのか、右翼団体を卒業した青年が埋めたのか、義郎は持ち主を想像してみた。縫いぐるみの熊の足が一本、地面から逆さに突き出ている。この熊も外に出たいのだろう。無名も土の中に埋まっているものをいろいろ思い浮かべてみているようだった。割れて二匹のオタマジャクシになってしまった園芸用の鋏、履きつぶして底が紙のように薄くなった靴、破れた小太鼓、離婚した夫婦の結婚指輪、先の曲がった万年筆、世界地図。義郎も書きかけの小説をまるごと埋めに来たことがある。家の庭で燃やそうと思ったが、炎の舌が残酷に見えてマッチを擦ることができなかった。どの人にも個人的な理由で燃やせるゴミと燃やせないゴミがある。「遣唐使」という題名の歴史小説で、義郎にとっては最初で最後の歴史小説の試みだったが、大分書き進んでから外国の地名をあまりにもたくさん使ってしまったことに気がついた。地名は作品内に血管のように細かく枝を張り、地名だけ消すのは不可能だった。身の安全のためには捨てるしかなく、燃やすのがつらいので埋めたのだった。

真っ白な瀬戸物の刃に擦り込まれて橙色の汁が流れる。血でも涙でもなく、毎日オレンジ色の果汁をドクドク流しながら生きていきたい。橙色の含み持つ朗らかさ、暖かさ、身の締まるような酸っぱさと甘さを自分の中に取り込んで、腸に太陽を感じたい。

義郎は容器にたまったオレンジの汁を一滴もこぼさないように丁寧にコップに移し

かえてから、ほとんど空っぽになった房の並ぶオレンジの片割れを右手で包み、握力の限りをつくして最後の一滴まで搾った。

「どうして曾おじいちゃんは自分では飲まないの」

と無名に訊かれて、

「一個しか買えなかったんだ。子供はこれからもずっと生きていかないとだめだから、なんでも子供優先だ」

と答えた。

「でも子供が死んでも大人は生きていけるけれど、大人が死んだら子供は生きていけないよ」

と歌うように無名が言い、義郎は黙り込んでしまった。

自分の死んだ後、無名が生きていかなければならない時間を想像してみようとすると、いつも壁に突き当たる。自分の死んだ後の時間なんて存在しない。死ねない身体を授かった自分たち老人は、曾孫たちの死を見送るという恐ろしい課題を負わされている。

もしかしたら無名たちは新しい文明を築いて残していってくれるかもしれない。無名には生まれた時から不思議な知恵が備わっているように見える。これまで見てきた子供たちには全くなかった新種の知恵だ。

娘の天南《あまな》が無名くらいの年齢だった時はお菓子箱に鍵をかけておかないと、ビスケットを一箱、あるいはチョコレートを一枚まるごと食べてしまうことがあり、義郎が叱るとすぐに言い合いになった。

「そんなにたくさん一度に食べたら駄目だろう。」

「どうして？」

「身体に悪いだろう。」

「どうして？」

「ご飯が食べられなくなって栄養不足になる。」

「それなら、ご飯もちゃんと食べれば、その前にお菓子をたくさん食べてもいいのね。」

「駄目に決まっているだろう。」

「どうして？」

いつまでも終わらない問いと答えの押し問答に疲れて、義郎が大声で、

「駄目と言ったら駄目だ！」

と叫んだこともあった。親の権威を振りかざす気はなかったが、言葉を話すようになった娘の口からは、やりたい欲しいの言葉がとめどもなく溢れ出てくる。民主的に戦っていたら親は子供に負けてしまう。権威主義は親という傷つきやすくてのろまな

生き物を守るためにあるのだと思った。

娘の欲望には際限がなかった。甘いものは気分が悪くなるまで食べ続けるし、欲しい玩具は買ってやるまで店の前を動かない。他の子の手からお菓子や玩具を奪い取ることさえあり、それをとめるのが義郎の役目だった。娘が欲望を振り回す役で、自分はそれをとめる役。そういう役割分担にも娘が幼いうちは我慢できた。しかし娘の声は日に日に力をつけ、語彙が増え、理屈の捏《こ》ね方が巧みになっていった。一つ叱れば、尖った言葉が十倍になって返ってくる。言葉の錐に突かれて血を滲ませながら、義郎は娘が勝手にアイスクリームを食べ過ぎてお腹を壊せばいいと思うことさえあったが、どんな時にも、自分は娘に何か有益なことを教えてやれるという自信を失ったことはなかった。自分の言う通りにすれば痛い思いをしないですむのに反発する娘の愚かさがもどかしかった。娘とは全く違って、無名は、何かを食べ過ぎたり、食べてはいけないものを口に入れてしまうこともないかわり、これから生きていく上で義郎が無名に教えてあげられることなど一つもないのだった。そう思うと自分が情けなくて、義郎は両手の拳骨で自分の眼球をぐいぐい押し潰すような仕草をする。

孫の飛藻《とも》がまだ軽く抱き上げられるくらいの大きさだった頃、義郎は孫に車の運転について役に立つアドバイスを与えてやれる日を楽しみにしていた。作家には想像力があると世間は思っているようだが、自動車が存在しなくなる日が来ることなど思い浮かべたこともなかった。勉強が嫌いな孫の将来のために義郎は総合職業学校に三年間通えるだけの資金を積んだ預金通帳をプレゼントしたが、孫は口座をこっそり解約し、現金を詰めたスポーツバッグを強盗のように抱えて家出した。銀行から送られてきた書類を見て解約のことを知った時、義郎の腹の中は煮えくりかえって湯気がたったが、一ヵ月後には大銀行が次々倒産し、口座を持っていた人たちは預金を全額失い、いつかは返してもらえるという噂以外にしがみつくものがなくなった。鼻から激しく息を吐きながら怒りに顔をほてらせて各銀行の支店に押しかけていった人たちは、背広姿の男たちが各支店のドアの前に一列に並んで汗を垂らしながら頭を下げて真剣に謝っているのを見た。罵声を浴びながら、日中は猛暑の中で、夕方になると夕立に濡れて、夜は蚊に刺されながら、頭をさげて謝っている銀行員たちの姿を見て、顧客は取りあえず怒りをしずめ、家に帰っていった。ところが、あとで新聞に載っていた記事によると、それは「ごめんねマン」と呼ばれるアルバイトの人たちが時給いくらかで雇われて頭をさげていただけらしい。銀行などという機関を初めから全く信用していなかった孫の方が、貯金は人生を安定させると信じ込んでいた義郎よりも経済の仕組みが見えていたことになる。職業学校についても同じである。それから何年もたってから義郎はある評論家が新聞に、「職業資格をとらせる学校側は月謝によって確実に儲かるが、資格をとった本人は仕事が見つからないか、あるいは安月給で身売りすることになる。これまでなかった素敵な名前を持つ職業には特に注意しなければいけない。本人も親も自分が生徒として受け入れられただけでそれが才能を認められた証拠だと思い込み、ありがたがって授業料を払う。その額が高ければ高いほど自分の価値が上がったように感じて喜んで払う。親にも子にも見栄がある。何もしていないとは思われたくないという不安もある。そんな心理を利用した悪質な職業学校が最近増えている。職業教育は本来、無料で行われなければおかしいということをいつの間にかみんなが忘れてしまったか」と書いていた。しかし、顔の売れた評論家先生がもっともらしくそんなことを書くよりもずっと前に、不良少年は銀行口座も職業学校も信用しないで家出していたのだった。

義郎は、自分が孫に教えたことが間違っていたことを認めるしかない。「東京の一等地に土地があれば将来その価値が下がるということはありえない、不動産ほど信用できるものはない」と孫に言った覚えがあるが、一等地も含めて東京二十三区全体が、「長く住んでいると複合的な危険にさらされる地区」に指定され、土地も家もお金に換算できるような種類の価値を失った。個別に計った場合は飲料水も風も日光も食料も基準をうわまわる危険値がはじき出されることはないが、長期間この環境にさらされていると複合的に悪影響が出る確率が高い土地だということらしい。測量は個別にしかできないが、人は総合的に生きるしかない。危険だと決まったわけではないが二十三区を去る人が増え、それでもあまり遠くへは行きたくないし、海の近くは危険なので、奥多摩から長野にかけての地域に目を向ける人が増えていった。二十三区に相続した家と土地を売ることもできず、そのままにしているのは義郎の妻の鞠華《まりか》だけではない。

子孫に財産や知恵を与えてやろうなどというのは自分の傲慢にすぎなかったと義郎は思う。今できることは、曾孫といっしょに生きることだけだった。そのためにはしなやかな頭と身体が必要だ。これまで百年以上も正しいと信じていたことをも疑えるような勇気を持たなければいけない。誇りなんてジャケットのように軽く脱ぎ捨てて、薄着にならなければならない。寒さに襲われたら、新しいジャケットを買うことを考えるのではなく、熊のように全身にみっしり毛が生えてくるようにするにはどうすればいいのか考えた方がいい。実は自分は「老人」ではなく、百歳の境界線を越えた時点から歩き始めた新人類なのだと思って義郎は何度も拳骨を握りなおした。

義郎は、ドアの前にどさっと新聞が落ちる音を聞いた。毎朝この音が聞こえる度にすぐに出入り口に駆けつけるが、どんなにあわてて外に出ても、配達人の女性の背中はもう中指くらい小さくなっている。頭上に鞠のようにまとめた髪、首はほっそり長く、なで肩で、背中に肉がついていない。腰がしまっていて、お尻がまるく、ふくらはぎに惜しみなく筋肉のついたその後ろ姿に向かって義郎は大声で、「ごくろうさん」と叫ぶ。反応がないので、声が届いたのかどうか分からない。

義郎は外に立ったまま新聞を広げた。実は若い頃は新聞を読んでいなかったが、一度新聞というメディアが潰れて、あらためて復活してからは、新聞を隅々まで読むのが日課になった。政治欄の上を低空飛行すると、「規制」「基準」「適合」「対策」「調査」「慎重」などの穂先が目にささる。内容を読み始めると、沼にずぶずぶ入っていく。朝から新聞など読んでいてはいけない、まず無名を学校に送り出すことだ。「学校」という言葉にはまだかすかな希望が宿っているような気がした。

新聞を玄関に置いて台所に戻り、義郎はしぼりたてのオレンジジュースを入れた細い飲み口の付いた竹のコップを無名に手渡した。

「オレンジは沖縄でとれるんでしょ」と一口飲んでから無名が訊く。

「そうだよ。」

「沖縄より南でもとれる?」

義郎は唾を呑んだ。

「さあ、どうだろうね。知らない。」

「どうして知らないの?」

「鎖国しているからだ。」

「どうして？」

「どの国も大変な問題を抱えているんで、一つの問題が世界中に広がらないように、それぞれの国がそれぞれの問題を自分の内部で解決することに決まったんだ。前に昭和平成資料館に連れて行ってやったことがあっただろう。部屋が一つずつ鉄の扉で仕切られていて、たとえある部屋が燃えても、隣の部屋は燃えないようになっていただろう。」

「その方がいいの？」

「いいかどうかはわからない。でも鎖国していれば、少なくとも、日本の企業が他の国の貧しさを利用して儲ける危険は減るだろう。それから外国の企業が日本の危機を利用して儲ける危険も減ると思う。」

無名は分かったような、分からなかったような顔をしていた。義郎は自分が鎖国政策に賛成していないことを曾孫にははっきり言わないようにしていた。

鎖国についておおっぴらに議論する人はいないが、果物に関する不満や苦情は世の中に満ちている。農作物が海外から輸入されることがなくなってからは、オレンジもパイナップルもバナナも沖縄からしか送られて来ない。蜜柑は四国でどっさり収穫されているらしいが、東京まではなかなか回ってこない。四国は農作物はほとんど自分たちで食べてしまう政策をとっていて、そのかわり、讃岐うどんの作り方、ドイッパンの焼き方などを特許化して稼いでいる。

一度、義郎はパン屋で蜜柑を売っているのを見つけてすぐに二つ買った。「四国産」と書いてある。パン屋はやはり四国と何か深い繋がりがあるようだった。買った蜜柑は土曜の朝までとっておいて、無名とふたりでのんびり食べることにした。すると、土曜の来る前に、すっかり忘れていた新しい休日がきた。最近増えた休日を義郎は覚えていられない。暦を頻繁に見て覚えようとするのだが、すんなり頭に入ってこない。

新しい休日は、歴代天皇の誕生日ではなく、名前も日も国民投票で決められた正真正銘、民主主義的な休日ばかりだった。まず公募でアイデアが集められた。「海の日」があるので海の汚染について考える機会は多いが、大昔から工場の垂れ流しでひどい目にあっている川にも敬意を払って「川の日」もつくった方がいいとか、「みどりの日」と対になる「赤の日」があった方がいいとか、いろいろな意見が出された。「文化の日」だけでは抽象的で物足りないので、「本の日」、「歌の日」、「楽器の日」、「絵画の日」、「建築の日」などをつくりたいという強い国民の希望は結局通ることになった。「敬老の日」と「こどもの日」は名前が変わって、「老人がんばれの日」と「子供に謝る日」になり、「体育の日」はからだが思うように育たない子供が悲しまないように「からだの日」になり、「勤労感謝の日」は働きたくても働けない若い人たちを傷つけないために、「生きているだけでいいよの日」になった。国民は休日を増やすことだけが頭にあったわけではない。「建国記念の日」は廃止した方がいいという意見が洪水のように氾濫し、この休日は流されて行方不明になった。こんな立派な国を一日で建てられるはずがない、というのが主な理由だった。その他にも、最近すつかりすたれてきた性交を奨励する「枕の日」ができたり、日本で絶滅した鳥や動物に線香をあげる「絶滅種の日」ができたり、インターネットがなくなった日を祝う「御婦裸淫の日」、そしてカルシウムについて真剣に考える「骨の日」なども誕生した。

無名は蜜柑を手にした日は上機嫌で、指の頭と同じくらいの柔らかさの房を押して遊んでいた。義郎は、「食べ物で遊んだら駄目だよ」と言いそうになった自分の口を蜜柑で塞いで黙って呑み込んだ。食べ物で遊ぶのだっていいことだ。遊んでいるうちに新しい食べ方を思いつくかもしれない。遊べ、遊べ、食べ物で遊べ！　蜜柑はどうやって食べるの、と無名に訊かれたら義郎は、それは自分で考えなさい、と答えるつもりでいた。どんな食べ方でもいいよ。遊びながら自分で考えなさい。ところが無名はそんな質問はしなかった。義郎の世代は、オレンジはこうやって皮を剝くものだ、グレープフルーツはこういうスプーンを使って食べるのが正しい、といった具合に果物には正しい食べ方があると信じていた。食べ方を統一して儀式化すれば、酸っぱさが喚起するあの危険信号を細胞が見過ごしてくれるものと信じていた。そんな子供だましみたいなトリックに無名の世代はだまされない。どんな食べ方をしても果物の中の危険信号は必ず鳴り響く。キウイを食べると息が苦しくなるし、レモンの汁がしみると舌が麻痺する。果物だけではない。ほうれん草を食べれば胸が焼けるし、シイタケを食べれば目眩《めまい》がする。食べ物は危険なのだということを無名は一瞬たりとも忘れることができない。

「レモンは目の前が青くなるくらい酸っぱいね。」

レモンの入った氷菓子を初めて口にした時、無名はそう言った。それ以来、義郎はレモンの黄色を見ると、そこに青色が混ざっているように感じる。すると一瞬、ナマの地球に触れたような気がするのである。

曾孫に食べさせる果物を手に入れようと目を血走らせて、老人たちが市場から市場へと亡霊のように彷徨《さまよ》っている。昔は販売価格が決まっているのは書物くらいだったが、今では果物と野菜の一部には全国均一の定価があり、不足しても余ってもオレンジは一個一万円と指定されている。インフレがなければこんなにたくさんのゼロが果物の値段にくっつくことはなかっただろう。

本州は季候が乱暴で気まぐれな性格になったせいで農業がやりにくくなった。それでも東北地方はまだましな方で、「新種雑穀」と呼ばれる栄養価の高い穀物の生産で潤っているし、従来の米や麦も生産総量は減ったものの相変わらず出荷している。問題が多いのは本州でも茨城から京都にかけての地帯だった。八月に粉雪が降ったり、二月に熱風が多量の砂を運んでくることもある。目薬をさした赤い眼の男たちが歩道の隅を蟹のように歩いていくのは、道の真ん中を吹き抜ける暴風に精力を奪われまいとしているのである。スカーフで髪を隠しサングラスをかけた女性がうまくいかない映画のロケのように、同じ場所を行ったり来たりしているのは、外気が引き起こす不安と戦っているのである。夏に雨が三ヵ月も降らず風景が茶色くなったり、急に熱帯低気圧による豪雨が降って地下鉄の駅の構内が水浸しになったりする。

　干ばつや暴風豪雨に追い立てられるようにして、本州から沖縄へたくさんの男女が移住した。農業で栄えている土地と言えば沖縄の他に北海道が挙げられるが、沖縄と違って北海道は移民を受け入れない政策をとっている。それは、自然と人間のバランスが崩れることを恐れてのことで、昔は北海道はやたらと広い割に人口が少なすぎるように言われていたが、実はこれくらい広いところにこの程度の数の人間が暮らしているのが理想だという結論を出した旭川出身の人口学の研究者の提案で、北海道では人口を増やさない方針が決まった。他の都府県の人間が引っ越してくる時には必ず許可が必要となるが、特別な理由がない限り許可はおりない。

　沖縄は本州からの移民を無制限に受け入れる方針だったが、男性労働者だけが増えていくのを恐れた。沖縄の農場で働きたい人は夫婦で申請しなければ採用されないことになった。女性の独り者、あるいは男女とも同性愛の夫婦はそのまま応募できるが、男性の独身者は応募できない。ただし、移住した後で独身女性が性転換して男性に変わった場合はそのまま住み続けることができる。仕事がなければ移住できず、農園以外の仕事はほとんどないので、農場への就職が決まっていなければ移住許可はもらえなかった。

保育園や児童預かり所が不足しているので、十二歳以下の子供を連れて移住したいという夫婦は採用されないが、子供がいてもその子を親戚などに預けてくるならば移住許可が下りた。子供が生まれると困るので、女性の場合は五十五歳以上、男性の場合はすでに去勢手術を受けている人が優先された。顔に皺を描き、髪を脱色して年をごまかして就職しようとした女性のことが新聞に載っていたが、実際の年齢より上に見せるのは意外に難しいものである。古い農機具のスイッチに英語で「ON」と「OFF」と書いてあったのが理解できなかったので怪しまれ、まだ若いことがばれてしまったそうだ。英語が少しでも理解できれば、それは年をとっている証拠である。電化製品に「ON」「OFF」と書いてあるのを見たことがない若い人は、そんな英単語さえ知らない。英語を学習することは禁止されている。タガログ語やドイツ語やスワヒリ語やチェコ語など、英語以外のいくつかの言語については学習が許可されているが、教科書や先生を捜すのがあまりにも困難である上、そういう言葉を学習したことのある人の話を聞く機会がないので、学習してみたいと思う人が出てこないのだった。公の場で外国語の歌を四十秒以上歌うことは禁止されていた。また、翻訳小説は出版できない。

義郎の一人娘の天南とその婿は六十代の若々しい筋肉を特注の青い木綿の作業服に包んで、はりきって沖縄に移住していった。労働着はその人らしさを表すものでなければいけないと考える二人には、農園で既製の服を着るという発想は初めからなかった。横たわれば寝床を覆い隠すほど豊かな天南の髪は、作業中はまとめて麦わら帽子の中に押し込まれていたが、その帽子も特別にデザインしてつくってもらったものだった。

義郎はもう長いこと娘の天南の顔を見ていない。沖縄での生活は東京の人間には想像がつかないくらい豊かだということが新聞に時々書いてある。毎日ただ同然で果物と野菜を手にいれることができる。ただし農作物を個人的に沖縄の外に送ることは禁止されているので、本州に住む家族には何も送ってあげることができない。沖縄各島にある農場は農産物を「馬車」で港まで運び、九州の運輸会社の船がそれを新枕崎大港まで運ぶ。馬車といっても、馬など一頭もいない。犬、きつね、イノシシなどが果物を積んだ荷車を引いている風刺画が時々新聞に載っているが、ひょっとしたらそれは風刺ではなく、現実描写なのかもしれない。

九州には巨大なキノコのような太陽パネルの付いた大きな輸送船を持つ輸送会社がいくつかあるが、中でも一番大きいのが立神《りっしん》海運で、ほとんどの農産物がこの会社の船に積まれて日本全国に出荷される。と言っても、高価な果物はほとんど東北、北海道に流れてしまい、東京にまわってくるのはごく一部だった。北部からは見返りとして米と鮭が大量に沖縄に送られてくる。札束も株も金利も輝きを失った時代、物々交換のできる相手が優先される。鮭は一度絶滅したが、全身に星の模様がある珍種が復活し、食べると肝臓にはよくないそうだが昔ながらの味が好まれている。

人の住まなくなった二十三区と違って、多摩地区はまだ人口だけは多いが、産業がないので、このままでは貧困化してしまう。「東京が駄目になれば日本が駄目になる、地方を全部犠牲にしてでも東京を救え」と発言して職を追われた政治家のまだ生きていた時代を知っている義郎は、江戸のエゴイズム「エドイズム」に対しては批判的だったが、「東京」と声に出して言った時に胸の中に起こるときめき、ざわめき、熱気などをいつくしむ気持ちは相変わらず強く、東京がなくなってしまったら、と思うと、自分もいっしょに消えてしまいたくなる。

特産物をつくって村おこしをしようという動きが東京にもある。工業化以前の東京の魅力を蘇らせるために「江戸」というブランド名をつけ、新製品を考え出して売り出そうというプロジェクトのことを新聞で読んで、義郎は自分も参加してみようかと思った。

東京の「西域」でも大豆と蕎麦と新種の麦はかなり栽培されているが、他の地方に輸出できるところまでは生産が伸びない上、他の土地ではとれないというような特産物ではない。東京が新しいモノをつくる、と言えば昔はまず先にプラグのついたコードという尻尾のある製品を思い浮かべたものだが、そういうものはもう売れない。町中に電気が流れ、俗に言うビリビリ病で手脚がしびれて神経をやられ、夜眠れない人たちが増えた頃から、電化製品が白い目で見られ始めた。不眠症の人たちが電気の通っていない山中のキャンプ村ではすぐにぐっすり眠れた、という記事が新聞に出た。ある人気作家が、掃除機の音を聞いた途端に書こうとしていた小説が書けなくなる、というエッセイを新聞に載せた。そのせいではないだろうが、ちょうどその頃から掃除機への憎しみのようなものが世の中に蔓延し始めた。奈落の底からトンネルを通って吹き上げてくるあの不愉快な掃除機の音が何より苦手だった義郎にとってはありがたい時代が来た。仮設住宅は雑巾や箒で簡単に掃除できるように工夫して建てられていたので、まず仮設の住人たちが掃除機を使うのをやめた。洗濯機も姿を消していった。木綿の肌着をもみ洗いして外に干す人が増えたのも仮設が最初である。他の衣服については、洗濯屋が取りに来て洗って届けてくれる。かつてクリーニング屋と呼ばれていた職業は、一時は絶滅の危機に陥ったが、そのうち「栗人具」と名前を変えて、また流行りだした。三年に一度新しい洗濯機を買うよりも栗人具に洗濯を頼んだ方が安上がりであるせいもあるが、それよりも機械が回転している間は頭が回転しない、という珍説が不思議な説得力をもって広がっていったという背景もある。実際、子供が宿題をやっている間、家の中のあらゆる電化製品のスイッチを切ると成績がぐっと上がるという実験をした小学校がある。

義郎は若い頃は洗濯機の音が聞こえてくるとそれだけで気分が沈んだものだが今はその心配もない。テレビを観ていると体重が増えるので、ダイエットが理由でテレビを捨てる人が増えた。クーラーなどというものは一世代前から流行らなくなっている。最後に残ったのは冷蔵庫だったが、これもコードはついていない。唯一出回っているのが、太陽エネルギーで冷やす「南極の星」という冷蔵庫である。

東京都では電化製品離れの目立つ仮設住宅での生活が全国の生活スタイルの先端を行く模範となっていった。しかし、「あるものを使わない」という特産品を売るのは難しい。村おこしと言うからには、何か目に見えるものを提示したい。

東京と言えば下町。下町と言えば、雷おこし。雷が起こすものと言えば、残念ながら答えは「電気」以外にない。電気を必要としない江戸の伝統の中から東京を探し出そうという試みが「雷おこし」という電気の壁につきあたって先へ進めなくなったのは皮肉なことだった。

　東京でしか育たない野菜があれば、それが特産物になるのだろうが、そんな野菜はありそうにない。そこが頭の使いどころ、頭以外に使えそうなものはないのだから、頭を使うしかない。たとえば、他の県でも栽培できるけれども、誰も見向きもしない野菜を敢えて栽培してみたらどうだろう。江戸っ子精神は新しい物好きだと言われるが、新しいものを外国から輸入して儲けることができなくなってしまった今、発想の転換によって古いものを掘り起こして今の時代に蘇らせようと考える人たちがいた。

　そんな風潮の中で、「茗荷《みようが》博士」が一時人々の注目を集めることになった。昭和初期に書かれたある小説に「茗荷は厠の裏によく生える」と書いてあったところに茗荷博士は着目した。東京にはたくさんあるけれども他の県にあまりないものと言えば巨大な公衆厠所だ。茗荷博士は、厠を捜して歩き、裏に暗い湿った空き地を見つけると次々買い占めていって、そこに高さ二メートルくらいのガラス製のボックスを設置し、中を三十センチくらいずつ棚で仕切って、ミネラルを混ぜた人工の土を使って茗荷を育てた。厠の裏ではなぜ茗荷がよく育つのか、その理由を博士は誰にも話さなかった。そのかわり、茗荷は栄養などなさそうに見えるが、かつて修行僧たちがあえて食べるのを避けただけあって、信じられないほどの活力を与えてくれる、ということをいつも強調していた。子供は茗荷が嫌いだと言われているが、今の子に食べさせると、氷菓子のように好んで食べる。その理由は、茗荷には今の子供を内側から励ます未知の栄養素が豊富に含まれているからである、と茗荷博士は説くのだった。

義郎も市場で茗荷を手に入れて無名に与えたことがあった。無名は茗荷のにおいをかぐと目を細めて気持ちよさそうな顔をした。しかし茗荷が手に入ったのはその時一度だけで、それっきり見かけないし、茗荷博士の名前の上にもみるみるうちに忘却草が生えてしまった。

一時流行した東京野菜と言えば、他に蓼《たで》がある。「蓼食う虫も好き好き」という諺が蓼に対する偏見を生み、他の県には蓼を栽培しようなどという物好きな農家はなかった。そこに目をつけて東京名物として蓼を栽培して売り出した会社がある。東京都知事が蓼のサラダを食べながらにっこり笑っているポスターまでつくって貼り出したが、これが蓼の普及には逆効果だったという説もある。「蓼ただで食べたで」という早口言葉が人々の舌にのったが、蓼そのものはほとんどの人の舌にのらなかった。義郎も一度、八百屋の店先に置かれた見慣れない濃い緑色の束に視線を奪われて立ち止まると売り手がすかさず、

「今、話題の蓼ですけど、東京を応援するつもりで、いかがです」

と声をかけてきた。いつもなら、「おいしいですよ」と声をかけるこの八百屋がこの時、運動会じゃあるまいし「応援」などという言葉を使ったことをもっと疑ってみ

るべきだった。義郎は一束買って帰って、すり鉢ですりつぶして酢を混ぜて食べてみた。蓼は鮎と相性が良いと聞いていたが、汚染度が高いと言われる魚を無名に食べさせる気にはなれなかったので湯豆腐と組み合わせてみた。

「ごめん、まずいね」

と後悔のかゆさに耐えきれず頭皮をポリポリ掻きながら無名に謝ると、無名が不思議そうな顔をして、

「まずいとか、美味しいとかあんまり気にしないんだ、僕たち」

と答えた。義郎は自分の浅はかさを思わぬ方角から指摘され、恥ずかしさに息がつまった。若い人に批判されると腹を立てる老人が多いが、義郎は無名には全く腹がたたなかった。むしろ自分たち老人が自覚なしに若い人たちを頻繁に傷つけていると思うと胸が痛んだ。「これはおいしい」とか「これはまずい」とかそんなことばかり言って、まるでグルメは階級が上なのだというような高慢さで、みんなが同じように腰まで浸かっている問題沼を忘れようとする大人の姿は、子供の目にはどんな風に映っているのだろう。毒素には味のしないものがたくさんあるのだから、いくら味覚を研ぎ澄ましても命を守ることはできない。

沖縄の人たちは多分、東京の住人が茗荷や蓼を高級野菜として出荷するために栽培していることを知ったら滑稽に思うだろう。自己アイロニーをこめて、娘の天南に

時々出す絵はがきに蓼の話を書いてみたが何も反応がなかった。蓼という植物のことを聞いたことがなかったのかもしれない。

義郎は、「蓼」という字を書く度に、文字を書くことの喜びに引き戻された。爪で樹木の外皮をななめに引っ掻く猫科の動物の子供になったつもりで、ゆっくりとこの字を書いた。

義郎は、絵はがきを書くのが好きだった。観光客ではないのだから、家族に絵はがきを出すのは変かもしれないと思うこともあるが、手紙を書こうとすると便箋の面が広すぎて、何を書けばいいのか分からなくなって、結局は何も書かないことになってしまう。絵はがきならば、書き始める前から終止符が思い浮かぶほど書く場所が狭い。終わりが見えていると、かえって安心する。医学の最終目的は決して死なない永遠の身体をつくることだと子供の頃は思い込んでいたが、死なないことの苦痛については考えてみたことがなかった。

オレンジには定価があっても、切手には定価がない。両極端の例を挙げれば、雷鳥の図柄の切手はとびきり値段が高いし、国会議事堂の図柄の切手はただ同然で手に入る。郵便局でたまに「切手千枚」を特別価格で売っていることもあるが義郎はそれを見ると、千枚も絵はがきを書いてもまだ死ねないことを思い知らされるようで買う気になれない。

今日は絵はがき日和だなと思うと、買い物の帰りに絵はがき屋に立ち寄って十枚買う。誰でもいつでも店を開いて好きな物を売ることができるようになったため、学園祭の出店のような店が増えている。この絵はがき屋もそういう店の一つで、素人の思いつきであることを隠そうともしないで、入り口の上にかかった手書きの看板も斜めに傾いている。それでも自分がつくった絵はがきだけを売るのは気が引けるのか、申しわけ程度に変わった日傘や文房具なども売っている。透明なのに日を通さない日傘というのは義郎もつい欲しくなって一本買ってしまった。鳴き声のする鉛筆、上から水を垂らすと縮んでおしどりの形になる折り紙、レモンそっくりの大きな消しゴムなど、無名の欲しがりそうなものをいろいろ売っているので、一人で来ることにしている。

この店の女主人は、娘の天南の中学校時代の同級生で、押し花がその頃からの趣味だった。スミレを親友と呼び、オオバコに手を振り、ぺんぺん草にお辞儀し、コスモスに恋文を書いたこともあるくせに、日曜日が来ると植物を引き抜いて、押しつぶし、二次元に変貌した自然を絵はがきにして売る。使うのはほとんどが雑草だが、庭で人工の土を使ってわざわざ栽培しているので、それは雑草とは呼べないかもしれない。どうしてわざわざ雑草を植えるのかと義郎が訊くと、雑草は絶滅しそうだから増やさなければならないのだと言う。

「雑種犬も絶滅しかけているんですよ。ご存じでしたか。」

そう言われてみると確かに、犬の貸し出し所で見る犬はすべて純血種だと書いてあるし、それ以外の場所で犬を見かけることもない。

義郎は、絵はがきを買いに行ってレジの隣の柱にもたれてこの人と娘の噂話をするのが楽しみだった。

「天南ちゃん、元気でやってますか。」

「病気になったりはしないみたいです。」

「オレンジ農園の仕事って重労働なんでしょう?」

「身体は丈夫みたいです。」

「高校時代に御神輿《おみこし》部で身体鍛えてたから。」

「そういうあなたは陸上部だったでしょう。」

「短距離走なんて今の実生活では役にたちませんよ。動物のいない原野で狩りに出るのも空しいですよね」

と言って鉛筆を槍のようにかかげ、膝が胸につくくらい高く片脚をあげてみせる押し花アーチストはまだ七十代の若い老人、箸がころげてもおかしい年頃だった。

「天南ちゃん、前回の便りにはどんなこと書いてきましたか。」

「新種の赤いパイナップルを初めて見たって書いてあった。」

「羨ましいですよね、沖縄」

　と言いながら、絵はがきを十枚、植物繊維でできた小さな袋に入れて手渡してくれる。義郎はもう少し天南の話がしたくて、

「沖縄に住んでいる人たちは、沖縄のことを琉球って呼んでいるらしいですよ」

などと興味を引きそうな話題をさりげなく付け加えた。

「琉球？　いいですね。でもまさか独立運動とか。」

「それはないみたいです。外国になってしまったら、鎖国をしている日本に果物を売ることができないし、労働力も来ないし。」

「よかった。もう天南ちゃんに逢えないなんて寂しすぎますよね。」

　その時、義郎はふいにヒルデガルトにツユクサという名前の日本人の友人がいたことを思い出した。逢ったことはないけれど、ヒルデガルトがいろいろ話してくれたので、まるで昔親しかったような気がした。ツユクサさんは若い頃にバイオリンの勉強をするためドイツに渡って以来、ずっとクレーフェルトという町に住んでいるそうだ。コンサートで知り合ったイラン人と結婚して双子が生まれた時には、夫婦で一人ずつ膝に載せて飛行機で実家に帰ったと言っていたような気がする。それから毎年お正月が近づくと日本へ飛んでいたのが、いつからかそれができなくなったのだろう。日本に一生帰れないというのは一体どんな気持ちだろう。

沖縄なら遠くても国内だから無理すれば行ける。ところが実際行こうと考えると身体がだるくなり、体力は無名のために節約しなければいけない、と思って引いてしまう。

学生時代、野暮なスポーツバッグをさげて南米やアフリカを旅してまわった粋な友達がいた。どうしてリュックサックを買わなかったんだ、と訊いてみると、いかにも旅行者みたいで恥ずかしいじゃないか、という答えが返ってきた。おおげさに海外旅行してきますというのではなく、まるでクラブ活動の帰りみたいに、どこにでもあるスポーツバッグをさげて、運動靴のかかとを踏んで、そのまま外国へでかけてしまえたら、どんなに粋だろう。そういう目立たない格好をしていれば逮捕される心配もないだろう。

「天南が送ってくる絵はがきはね、あぶりだし手法を使ったものが多いんです。」

話が途切れてしまったので義郎はたまたま目の前に浮かんでいた綿毛をつかむようにそんなことを口にした。

「あ、いいですね。でも果物をそんなことに使うなんて、やっぱり沖縄は贅沢ですよね。レモンですか。」

「さあ。今度、訊いてみます。はるか昔、小学生の頃にあぶりだしをやった記憶があるんですけれど、あれは楽しかったな。秘密結社を作ってね、仲間から渡された極秘の書類を家に帰ってからこっそりストーブにかざして、あぶりだして読んだ。」

「あたしも覚えがあります。でも蠟燭に火をつけて親に叱られました。地震が来て火事になったらどうするんだって。」

「あぶりだしというのはどういう原理ですか。」

「酸っぱいものがしみた部分の紙は焦げやすくなるんです。だから火を近づけると、レモンの汁で字を書いた部分だけ先に茶色く焦げる。」

「なるほど。水彩画みたいに滲んで、黄色から茶色までいろいろな濃さがあって綺麗ですよね。」

「しみって、どういうわけか風景に見えるんですよね。」

「娘の送ってくる絵はがきも、最初はどれも水のある風景に見えるんですけれど、よく見るとその水が焦げていて、小さな炎が残っているみたいな感じがちょっと恐い。」

「燃える水ですか。」

「海に大量の石油が流れ出したら、海だって燃えるでしょう。」

「そんな恐い話しないでください。天南ちゃんは生活に余裕があるんですよね。」

「多分ね。」

「果物があり余っているんでしょう。」

「天南は果物の話がやたら多いんです。赤いパイナップルができても、四角いパパイヤができても、どうせ東京には来ないんで、こちらはそれほど面白くないんですけれど。実は心配になることもあるんです。ちょっと変じゃないですか、果物の話しかしないなんて。一昔前だったらまず、洗脳されているんじゃないかと疑ってみたところです。」

二人はここで急に黙ってしまったが、考えていることはほぼ同じだった。果樹園は果物の工場のようなものだから、そこに閉じ込められて働く生活は意外につらいのではないか。果樹園という言葉を聞くと人は楽園と勘違いして羨ましがる。山を歩いてキノコを探し、コケの形作るミニチュア農園やシダの葉のくしけずる空気の湿り気を楽しみ、鹿の足跡を読み、鳥のさえずりを聞き分けて自然の中で遊ぶ生活を思い浮かべてみたりする。でも、天南はそんな生活をしているわけではなく、朝から晩まで果樹園という名前の工場の中で働いているのだ。都会ならば週末に展覧会、音楽会、講演会にでかけたり、新しい人と知りあったり、散歩に出て新しい店を発見する生活の楽しさもある。東京は確かに経済的には貧しい町になったけれども、ふちふちと泡のように小さな新しい店が水面に花開くし、ベンチにすわって通行人を眺めているだけでも飽きない。町を歩いていると脳内の歯車がゆっくりまわり始める。そんな楽しさが日常という果物の一番おいしい部分であることに気がついて、家が狭くても食料が不足していても「東京で暮らしたい族」は数が減らないのだ。

天南はもう果物のことしか考えられないのか、それとも郵便物の検閲があって絵はがきには書けないことがあるのか、それとも親に隠していることがあるのか、とにかく何かあると義郎はにらんでいる。文面を眺めていてその一部が見えない手の甲で覆われていて読めないようなもどかしさを感じる。

電話というものが存在した昔ならば、ちょっと電話してみただろうが、実は電話がなくなってよかったと思うこともある。昔は天南と電話で話しているといつも喧嘩になって、どちらかが受話器を乱暴にガチャンと置いて会話を終わらせることになった。「酸っぱいのは嫌いなの」と天南が言えば義郎は、「お前は好き嫌いが多くて、子供の頃は風邪ばかり引いていたから」と答えてしまう。相手はかちっときて、「子供に嫌いなものを無理に食べさせると、何が好きなのかわからない無感覚無気力な人間に育つのよ」と答え、義郎が、「無理に食べさせた覚えはないぞ」とやりかえせば、向こうもまた何か言い返してくるだろう。それが絵はがきだと、こちらもすぐには答えられないし、この文は書かれてからすでに一週間はたっているのだと思うと、それだけで怒りは萎えてしまう。

絵はがきが届くと、義郎は無名に必ず見せる。絵画とは違って、元の身体をつぶされて三次元から二次元になった押し花という不思議な例を無名はしばらく興味深そうに眺めているが、「おばあちゃんからだよ」と義郎に言われてもすぐにはぴんと来ないようだった。「おばあちゃん」という言葉には馴染みがないし、天南のことを無理に思い出そうとしても、せいぜい前回送られてきた絵はがきのあぶりだしが思い浮かぶくらいだった。「おじいちゃん」という言葉を口にした記憶もない。無名は「曾」を「おじいちゃん」から切り離して考えてみたことがない。昔の子供にとっての「ママ」が無名にとっては「曾おじいちゃん」で、それ以外の家族はいないに等しいのだ。生きるのに必要なものはすべて「曾おじいちゃん」が与えてくれる。

曾おばあちゃんも無名にとっては遠い人だが、この間会いに来てくれた時はお祭りの夜みたいに興奮して、なかなか寝つけなかった。義郎もその夜は寝返りばかりうっていた。

曾おばあちゃんの名前は何て言うの、と無名に訊かれて、義郎は「鞠華」とぼそっと答えた。最近ませてきた無名は、「鞠華なんて、なかなかイケル名前だね」などと言って、にやにやしている。「どこで知り合ったの？」無名にそう訊かれて、義郎ははっとした。知り合った、という表現に手応えを感じない。鞠華と自分が初めて会ったのはどこだろう。思い出せない。気がつくとデモで毎週顔を合わせるようになっていた。恋愛の記憶がデモの記憶で始まっている。あの頃は日曜には必ずデモがあって、デモで知り合った相手と結婚した、という人が意外に多かった。ひょっとしたら、お見合いに行く代わりにデモに行くという人もいたのかもしれない。

デモに行けば必ず逢えるので連絡先も交換せず、待ち合わせもしなかった。二人とも歩くのが速いので、歩いているうちに先頭に出てしまう。人が多くて列が長い日でも十五分も歩けば、鞠華が隣を歩いていた。天気の話、靴の話、何の話から始めてもすぐに盛り上がり、笑顔が笑顔とぶつかって輝きを増し、最後にはいつも、じゃあね、とさわやかに別れた。恋をしているつもりは全くなかった。ところがある火曜日の深夜、義郎は古本屋から出て来たところを数人の少年たちに襲われ、野球のバットで頭を殴られて財布を取られ、気を失い、意識が戻ると病院のベッドに寝ていた。病室の天井の蛍光灯が二重にぶれて見えたが、医者に言わせると脳波には異常がないということだった。全身がぐんにゃりしてしまった感じがなくなると今度は、みぞおちや手の指などが個々に痛くなり、骨にヒビが入っているのではないかと思われる箇所、擦りむけている箇所、腫れている箇所など合わせて八十八ヵ所ほど痛いところがでてきたにもかかわらず、日曜にデモに参加できなかったらどうしようと、そのことだけが心配だった。土曜にはついに耐えられなくなり、日曜の朝、まだ暗いうちに病院から逃げ出し、その足でデモに出た。絆創膏を目尻や顎に貼り、包帯を頭と手首に巻きつけた義郎の姿を人々はパフォーマンスと勘違いして拍手を送った。やっと鞠華の背中が見え、背中を縦に割るチャックの線めがけて走り、自分がどんな姿をしているのかも忘れて、肩を叩くと、振り向いた鞠華は義郎の姿に驚き、それから義郎がそれでもデモに出てきたことに驚き、それから頬が赤く染まった。義郎は胸がぎゅっと絞られたのを感じた。恋という名の妙な落とし穴に落ちてしまった、自分の力で外へ這いずり出るだけの力が腕にない。降参して、しゃがみこんで、顔を両手で覆った。

鞠華に妊娠したと言われた時はぼんやり嬉しく、結婚しようと言われた時は、うっすら嫌になってきていた鞠華の声の高さやいくつかの言い回しをその先何十年も我慢できるかどうかが不安ではあった。結婚してからもあまり家にいないかもしれないけれどそれでもいいかと鞠華に訊かれた時は、ひそかにほっとした。家にあまりいない人なら結婚しても平気だろう。そんな下心を持って結婚を決意した自分を軽蔑した時期もあるが、その後あまりにもいろいろな音楽が人と人の間で演奏され、今では間違いと正解の境目がぼやけて見えなくなってしまうほど長い年月が経った。子供の頃、どこかのデパートで、「上から牛乳と卵と砂糖を入れたら、下からアイスクリームが出てくる機械です」と言われて、目の前で小さなミキサーがぐるぐる回転するのをずっと見ていた覚えがある。このミキサーと同じで、上から義郎と鞠華を入れたら二段階の工程を経て、下から曾孫の無名がにゅるっと出てきた。上から何も入れなければ下からは何も出てこなかっただろうから、それでよかったのだろうと思う。その工程をふりかえる度に、自分が料理人ではなく材料のように思えてならない。

子供が生まれても鞠華は家にじっとしていなかった。朝食がすむと、乳母車に財布や買い出し袋といっしょに赤ん坊をつめこんで家を出る。まず十時開店の喫茶店「ミルクの町」に飛び込んで、その日の新聞を三紙ごっそり抱えて席につく。赤ん坊は乳母車の中ですやすや眠り、ウエイトレスはわざわざ近くまで来なくても、鞠華の唇の動きからコーヒーという言葉を読み取ってカウンターにもたれたままうなずく。しばらくすると他の母親たちが集まってきて、店は乳母車で一杯になる。あきれたような溜息、ずぶっと批判の釘を刺す声、黄色く裏返って笑う声、畳みかけるように不満を数え上げる声、ねっとり恨みがましくそれでいて甘く媚びる声。昼になると鞠華は近くのフェア・トレードの食品店でサラダの材料を買って帰り、手際よく昼食を用意し、書斎で執筆している義郎といっしょに食べる。二十分くらいの間、二人は夫婦として向かいあい、親密に黙りあうが、それが終わると鞠華は食器をさっと片付け、また乳母車を押して外に出かけていく。乳児を連れて出るというよりも、乳母車という乗り物が鞠華の気持ちを乗せて、どんどん先へ走っていくように見えた。

その頃、義郎は、家の外に一歩も出ない男を主人公にした小説を書いていた。ひきこもりではない。ヤドカリのように家の外に出ると生理的に不安になるので、どうすれば面白い人物が自分を訪ねてきてくれるか知恵を絞っているような男だった。

妻は自分と二人で朝から晩まで同じ屋根の下で時間を過ごすのが息苦しいのだろうと義郎は思っていた。だから無理して用事をつくって乳母車を押していそいそと朝から外出するのだろう。

　ある時、義郎は編集者と喫茶店で会う約束をしていたが、話し合うつもりの企画のアイデアをメモしてから家を出た時には自分がだいぶ遅刻してしまっていることに気がついた。店の奥で寂しそうに肩をすぼめて紅茶の表面に浮いた薄い半透明の膜を睨んでうつむいている編集者の姿を見つけると一秒でも早く謝りたくなって、そのテーブルに駆け寄ろうとしたが、なかなか店内を通り抜けることができない。この時初めて、その喫茶店が乳母車の駐車場になっていることに気がついた。赤子たちは移動可能なベッドの中ですやすや眠り、母親たちは額に縦皺を寄せて話し合いをしている。「再利用可能な資源は」とか「息子が鳥になってしまいそうで不安で」とか「住民の健康を無視した利潤優先の」とか、ちぎられ宙を浮遊する断片が耳に舞い込んでくる。みんな話に夢中になっているので、コーヒーはカップの中で冷め、ケーキは注文されないままガラスケースの中で表面がひび割れて乾いていく。ふと見ると、「母親のためのペシミズム」という背表紙が目に入った。片手にこの本を持ち、もう一方の手で乳母車の中をかき回している母親がいる。義郎が首を麒麟《きりん》にして中を覗き込むと、母親の手はぐずる赤子の髪をくしゃくしゃになるまで撫でているのだった。鞠華も別の喫茶店で同じように本を読んだり話をしたりしているのだろうか。ひょっとしたら学ぶ会とか話す会とかはすかいとか破壊とか、ああ、彼女らは何をしているんだろう。義郎は気もそぞろのまま編集者との打ち合わせを終えて外に出た。すると歩道も乳母車で一杯であることに気がついた。義郎が書斎にこもって原稿を書いているうちに、世の中はすっかり変わってしまった。こんなにもたくさんの子供が産まれ、町は乳母車に溢れて、母親たちは喫茶店に集まる。布製のひさしの下で、おしゃぶりを鳥のくちばしみたいに突き出した新人類が、布にくるまった身体を時々波打たせながら、義郎を怨めしそうに睨んでいる。これが赤ん坊というものなのだ。娘の天南も外で会ったらこういう風に不思議な生き物に見えるんだろうか。信号が青になると横断歩道の白い縞が乳母車で埋まって見えなくなる。本屋に入っても棚の前に必ず乳母車がとめてあって、「自慰の勧め」という新刊に手を伸ばそうとするとその棚の前にも乳母車が三台もとめてあって、棚に手が届かない。背伸びしたままふっと覗き込むと、曇りのない鏡のような赤ん坊の目がこちらを見ていた。

やがて鞠華に「うばぐるま運動」という言葉を教えてもらった。太陽が顔を出している限りできるだけ長い時間、乳母車を押して町を歩きまわろう、という運動だそうだ。朝起きた時のみじめな気分、自分が無力で空腹で垂れ流しで誰も助けてくれない気分、それは湿った夢を見たせいなのか、それとも子供の泣き声を聞きながら一人で家で過ごす母親の中で乳児期の記憶だけが活性化されてしまうのか、とにかくそういう気分に耐えられない母親たちが乳母車を押して外に出て、乳母車マークのついた喫茶店に入ると、そこには本や新聞が置いてあってそれを読んで他の母親たちといっしょに話ができるようになっているのだそうだ。

その夜、義郎に訊かれると鞠華は、うばぐるま運動の活動についていくらでも快く話してくれた。町がどれだけ歩行者に親切にできているかを調べるには、乳母車を押して歩くのが一番だという。歩道がなかったり、階段が多すぎると、行き詰まる。騒音が神経を削ったり、二酸化炭素が多かったりする場所に来ると、乳母車の中で赤ん坊が泣き叫ぶ。まわりにもたくさん乳母車がいれば連鎖反応も手伝って、いっせいに高まる泣き声がサイレンのように鳴り響いて、通行人たちが立ち止まり、その場所が人間にとってどれだけ不快あるいは危険にできているかを実感する。押しているうちに太陽電池の充電ができる乳母車も開発されつつあるそうだ。

義郎は善意に満ちた市民運動というものを日頃から警戒していた。ミルクのにおいのする善意の中には、暗くひねくれた作品の執筆に没頭して家族を顧みない男性作家への憎しみが硫酸のように含まれていて、気を許していると義郎の手の甲にこぼれおちて肌を焼く。鞠華は義郎の執筆活動を非難したことは一度もなく、義郎の書いた本についても意見を言ったことがなかった。

娘の天南は乳母車時代から外気を吸い続けてきたせいか、用がなくても町を歩きまわるのが好きだった。生理が始まってまもなく、天南は日が暮れても家に帰ってこない日が続いたので義郎が叱ると、「十三歳の女の子は、家の中で死ぬ確率が一番高いのよ。強盗とか一家心中とか。外が危ないなんていう考え方はナンセンスよ」と反論してきた。

天南は十八歳になると東京を捨てて、北九州にある優秀な大学に入り、無農薬学を専攻した。九州が石器時代から江戸時代まで国際的な土地柄であったことをいつも強調していた。「東京の自然は薄すぎる。南日本に住みたい」と言ったこともある。どうして九州と言わないで南日本なんて言うんだろうと義郎は首をかしげた。天南は大学を卒業してからも下関を越えてこちら側に来ることはほとんどなかった。飛藻が夏休みに義郎のところへ遊びに来る時も、連れて来るのは東京に用のある天南の友人だった。

娘がいなくなると妻の鞠華も仕事を理由に義郎とは別居することになった。初めは、家出したまま親の元に帰りたくないという子供を保護する施設で働いていたが、そのうち世話をしてくれる人のいない子供のために「他家《たけ》の子学院」を山の中に建て、そこの院長におさまった。鞠華が院長になったのは資金集めに功績があったためだという噂があったが、資金など集めたこともなく、どんな種類の人間とどう交渉すればそんなにたくさんの資金が集まるのか見当もつかない義郎には多少不気味な話だった。夫婦なのだから直接訊けばいいのに、関係が近ければ近いほど訊きにくいことが増えていくという逆説に気がついた時はもう遅かった。二人は口論もせず、離婚もせずに静かに別居生活に移行した。時間を巻き戻すことはできないので、そのまま巻かれていくことになった。

天南夫婦が沖縄に移住してしまってからしばらくの間、成人した孫の飛藻が、義郎にとって頭痛の種となった。義郎は何度かこの孫にお説教のようなことを試みたが、漫才にしかならなかった。

「お前にとって一番大切なことはなんだ。」

「さあ、別に。」

「ちゃんと考えてみろ。生きていた方が死んでいるよりいいと感じるのはどんな時だ？」

「興奮できる時かな。」

「どんな時に興奮するんだ？」

「そりゃやっぱり、あの三つだな。」

「どの三つだ？」

「買う。打つ。飲む。」

「お前の答えには、直接目的語が抜けている。」

「直接の目的はないんだけど。」

「直接の目的じゃなくて直接目的語だ。ドイツ語なら第四格、ロシア語なら対格だ」

と言ってしまってから自分の説明のむなしさに気づいて義郎はあわてて、

「何を買って、何を打って、何を飲むんだ」

と質問しなおした。飛藻はにやにやしながら答えた。

「マンガを買う、ホームランを打つ、そして、ほっとしてチョコレートを飲む。」

「ばか。お前の特技は、馬鹿なことを言うことだけだ。小説家になる修業でもしたらどうだ。」

「だめだめ。締め切るのは苦手だし。」

「締め切るじゃなくて、締め切りだろう。それじゃあ詩人はどうだ。詩人は締め切りなんか気にしないで書ける時に書けばいいんだよ。これからの時代、詩人ほど儲かる仕事はないそうだ。」

「へえ、儲かるの。でも金儲けは得意じゃないし。」

何を言って鎌をかけても飛藻はにやにやしているだけで、まるでこんにゃくを相手に話をしているようだった。そのうち会話そのものが面倒くさくなると飛藻はそらぞらしいお世辞を並べて、

「おじいちゃんは才能があって、自分の書きたい小説書いて生きているから、羨まし

いと思うよ。これからも頑張ってね」

などと言う。義郎は腹をたてればいいのか笑いとばしてしまった方がいいのか分からないまま、孫のかたちのいい鼻と切れ長な目を眺めている。

飛藻は実家に暮らしていた高校生の頃から外泊が多かったが、高校を中退すると家に寄りつかなくなった。義郎は、家族と離れて暮らしたがる遺伝子というものがあるのではないかと疑ったこともあった。妻の鞠華、娘の天南、そして孫の飛藻、みんなどこかへ吹き飛んでいってしまった。

飛藻はある時、鶴のように美しい女性を連れて義郎の前に現れた。二人は結婚するという報告をしに来たのだった。式は挙げないで籍だけ入れるという。それから数ヵ月後に無名が生まれた。その時、飛藻はどこかを旅行中で、新生児と母親の側にいたのは義郎だけだった。出産予定日より二週間早く生まれてしまい、母体は出血が止まらず、意識を失い、緊急治療室に運ばれた。乳児は透明の棺桶のようなガラスの箱の中で管に繋がれて呼吸していた。

出産三日後に無名の母親の呼吸はとまった。飛藻があいかわらず行方不明なので、葬式はできるだけ先に延ばした方がいいと義郎は考えた。無名の母親の遺体は病院内の「安らぎの冷凍室」の中で蠟人形のように眠り続け、一方、生まれたてと言うよりも「ゆでたて」と言った方がふさわしいような無名は、ガラスケースから外に出されて、看護師さんたちの分厚くて暖かい手の中でしっかり命を守られ、義郎の励ます声を聞きながら人生初めの日々を呼吸した。

ところが無名の母親の死後五日目に義郎は、安らぎの冷凍室に呼び出され、遠方から招かれた専門家二人と話をすることになった。一人は遺体に望ましくない異変が起こったのでこのまま保存しておくよりもすぐに燃やしてしまった方がいいと言い、もう一人は研究のために遺体を解剖しホルマリン漬けにすることを許可してほしいと申し出た。義郎にはどのような異変なのか見当もつかなかった。素人の言葉で質問を重ねても、映像のはっきり浮かぶような答えが返ってこないので、自分の目で見て確めてからでなければ火葬にもホルマリン漬けにもできない、と義郎が強く出ると、専門家はしぶしぶ遺体のところに連れていってくれた。嫁の姿を一目見て、あっと声をあげ、義郎は鼻と口を片手で押さえてうつむいた。自分の見たものが信じられず、おそるおそる視線を戻すと、初めの印象ほど驚愕させる姿ではなかった。むしろ美しいと言ってもいい姿だった。その時実際に見た姿を後で正確に再現することは不可能になった。と言うのは、記憶の中でその身体は成長し、変化し続けた。顔の中心が尖って、嘴になっていった。肩の筋肉がもりあがって白鳥のような羽根が生えてきた。いつの間にか、足の指がにわとりの足の指のようになっていた。

遺体は死後七日目に火葬場に運ばれ、身内の参加者は義郎一人だけ、という内輪の葬式が行われた。飛藻の行方は相変わらず霧の中で、天南からは、沖縄から急にそちらへ行くのは無理なのでよろしく頼む、という連絡があった。鞠華がどうにか時間を繰り出して病院に駆けつけた時には無名が生まれてすでに十一日たっていた。義郎は無名のベッドの隣に胸を張って立ち、まるで自分が産んだように得意になって、

「どうだ、賢そうな子だろう。しかも男前」

と言ったが、鞠華は無名を見るとハンカチを出して涙をぬぐって逃げるように新生児室を出て行った。義郎はあとを追おうとしたが、無名が泣き出したので、そのままそこに残った。

看護師さんたちは初めのうちは義郎を親戚の訪問者として扱っていたが、そのうち哺乳瓶を手渡し、オムツの替え方も教えてくれた。汚れたオムツを籠に入れておくと、毎日洗濯した新しいオムツを何枚も重ねた束を持って来てくれる。

「オムツって紙でできていて毎回捨てるものかと思っていました」

と言うと、担当の看護師さんは「これだから年寄りは困る」と言いたげに鼻から荒い息を出して笑ったが、隣にいた別の看護師さんが咳払いして、

「オムツに紙を使ってしまったら、小説家の先生方の使う原稿用紙が不足してしまいますから」

と言った。義郎は首をひっこめて退散した。おどおどとオムツを取り替える老人

ってしまっているらしい。が、実は筆名の裏に隠れて小説を書いていることが産院内でいつの間にかばれてしま

　義郎は、粉ミルクを与えられるのは母親のいない子供だけかと思っていたが、注意して観察していると、どの母親もみんな粉ミルクを与えている。絶対に安全だと保証できる母乳例はないと看護師さんが説明してくれた。母乳の中には人を生かす要素も殺す要素も濃縮されて入っている。粉ミルクには牛のミルクは全く入っていないと聞いて義郎が「それなら狼のミルクでも入っているのですか」と冗談を言うと、看護師さんはにこりともしないで、「いいえ。でもコウモリのミルクは入っています」と教えてくれた。質問すれば親切に答えてくれる看護師さんたちに囲まれて、義郎は産院に毎朝通って快く無名の世話をして過ごしていたが、そのうち医者が全く姿をあらわさないことが気になって訊いてみると、担当の看護師は少し屈辱を感じたような表情を浮かべ、いつもの「これだから年寄りは困る」という顔をして笑うだけで答えてくれなかった。後で他の看護師におそるおそる訊いてみると、産婦人科では、医者と看護師と助産師の区別がとっくに廃止されたということだった。

　飛藻が病院の新生児室に飛び込んで来たのは無名が生まれてから十三日目のことだった。激しく息を吸ったり吐いたりしながらその合間にやっと、

「おじいちゃん、」

と言ったきり目に涙を浮かべて黙っている孫に助け船を出すつもりで義郎は、

「これがお前の息子だ、名前は無名とつけた。名前が無いという名前だ。文句あるか」

と言ってみた。飛藻は小さな子のようにしゃくりあげ、それを聞いてそれまですやすや眠っていた無名も泣き出した。二人の声は波長がぴったり合っていた。まるで兄弟が喧嘩して両方叱られていっしょに泣き出したかのようだった。

飛藻は重度の依存症を治す施設に入っていたので、外部の情報から遮断され、それでも妻の死の知らせだけは届いたので、やっと外に出してもらえたのだと言う。面倒な事件でも起こして閉じ込められたのか、それとも自分から入ったのか、費用はどうしているのかなどくわしいことは訊かずに義郎は、

「無名の面倒は俺がみるから、安心して、ちゃんと病気をなおしてもどっておいで」

と小さな子供に言い聞かせるように言った。こんな子供がそのまた子供をつくるから世の中は子供でいっぱいになってしまうのだ。

「この近くに知っている店があるから何か美味しいもの食べさせてやるよ」

と義郎が言うと、ようやく飛藻の顔にうっすら笑みが浮かんで、

「おじいちゃん、ありがとう。それにしても時のたつのは早いもんだなあ。俺もいよいよ父親か」

などと薄い溜息をついて芝居がかったことを言っている。お前には全くその資格などだ、とどなりたいのを我慢して義郎は、

「それにしてもお前は一体どういう依存症なんだ。犬を走らせる遊びはもう卒業したんだろう。綺麗なお花の絵の描いてあるカードか」

とわざと賭博そのものを馬鹿にした訊き方をした。

「おじいちゃん、依存症もここまで進むと特定の対象には縛られなくなるんだよ。メタレベルの依存でね。あの高揚感さえ戻ってくれれば、何でもいいんだ。」

「何に賭けたんだ。ルーレットか。」

「違うよ。」

飛藻は赤くなってうつむいた。義郎はこれだけはどうしても訊き出しておかなければとしつこく食い下がり、やっと出てきた答えを聞いて啞然とし、息が詰まり、次の瞬間には爆笑し、腹立たしささえ吹っ飛んでしまった。

孫は無条件に可愛いものだと聞いていたが、義郎にとって飛藻は可愛いと思っている暇もないほど連続的に心配の実のなる木だった。まだよちよち歩きをしていた頃、飛藻は当時流行っていた家事労働総合コンピュータ・システムの操作台の椅子に這い上がって、めちゃくちゃにボタンを押し、つまみをまわし、家の中を混乱させた。冷凍庫からほうれん草がどんどん押し出されて解凍されて台所を草原に変えてしまった

こともあれば、お風呂のお湯の温度がどんどんあがって沸騰し、湯に浮かぶアヒルのおもちゃが溶けて落とし卵のようになってしまったこともある。

飛藻はボタンを押すだけで大きな効果の出る機械はすべて大好きだったが、積み木を与えても触ろうとさえしないし、ブランコにすわっても二、三度膝を曲げ伸ばししただけで飽きてしまう。ボールを投げてやっても受け取ろうとせず、ころがるボールのあとを追うこともなかった。絵本を読んでやっても全く聞いていないし、他の子供を見ても話しかけることもいっしょに遊ぶこともできない。せいぜい髪の毛を引っ張って泣かせるくらいである。ところがスイッチを見ると目を輝かせ、すぐに押そうとする。それなら将来はコンピュータのプログラマーになればいいと義郎は思っていたが、飛藻は実は数学にもコンピュータ技術にも全く関心がなく、ただめちゃくちゃにボタンを押して、みんなが騒ぐのを見るのが好きなのだった。そのようにアナーキーな性格ならばアーチストになってハプニングでも企画したらと思って義郎は飛藻をコンテンポラリー・アートの展覧会やパフォーマンスに連れ出してみたこともあった。しかし飛藻は芸術ほど嫌いなものはなく、派手な紙テープを張り巡らした美術館のロビーに身体一面に赤い色を塗った裸の男が登場し踊り始めるとそちらを見はするが、数秒後にはうんざりしたように顔をしかめて「それ、芸術でしょ」と義郎に耳打ちするのだった。

飛藻はデジタル・ゲームの中で剣を振り回して毛深いオオトカゲと戦ったり、携帯電話に毎日送られてくる怪奇マンガを読んだり、テレビをつけたままメロドラマの主人公のベッドで眠りこんでしまったり、骨董品の花瓶を理由もなく窓から外に投げて割ったりして少年時代を過ごした。学校の成績は平均台から落ちそうでふらふらしながらどうにか落ちないくらいに保っていたが、授業の一コマが長すぎることが何より苦痛で、顎がはずれそうなほど大きな欠伸《あくび》をしたり、鉛筆で前の人の背中をつついたり、鼻をほじったりして、何度も時計に目をやって、教師たちをいらだたせた。もし授業の一コマが五分だったら勉強する気になるのにな、といつも言っていた。人を怒らせるためにわざとそんなことを言っているのだろうと思って義郎は無視していたが、飛藻は本気でそう言っていたのかもしれない。

義郎は飛藻が孫ではなく、自分の小説の登場人物だったらよかったのにと思うことがあった。それならば腹を立てる必要もないし、書いている方も読んでいる方も楽しい。飛藻は本など読まなかったが、祖父が小説を書いているということだけは変に強く意識していて、友達にそのことを吹聴したり、読まないくせに義郎の本を本屋で万引きしてきて部屋に飾ったりしていた。作家を馬に見立てて誰がノーベル文学賞を取るかをネタに競馬そっくりの賭けが行われ、大金が動いていることは義郎も知っていたが、まさか自分の孫がそのような賭博ビジネスの犠牲者になるとは思ってもみなかった。

「お前は本も読まないのにどうしてノーベル文学賞を誰がとるかが予想できると思ったんだ。」

「賭けっていうのはね、プロならどんな分野でも勝てるんだよ。」

「お前はただ予想屋が上位に載せた名前に賭けただけじゃないのか。ああいうリストは人から金を騙しとるために操作されているかもしれないって考えたことはないのか。」

この日の再会は笑いで締めくくることができたためか、晴れやかなものとして義郎の記憶に残っている。飛藻はクリーンになって戻ってくると約束して施設に戻った。義郎は「クリーン」という言葉に嘘を感じ、洗剤のコマーシャルじゃあるまいし、と思ったが、そのことは口に出さなかった。

生まれて一ヵ月すると無名はいよいよ退院することになったが、無名を抱いて鼻歌を歌いながら家に戻った義郎を待っていたのは、飛藻が施設を飛び出して行方不明になったという知らせだった。もしかしたら無名の顔が見たくて施設を抜け出したのかもしれないという希望がその夜、灯台のように回転しながら四方を照らしたが、海は暗いままだった。

義郎は警察に届け出ようかどうしようか迷った。民営化された警察に好感を持っていないわけではないが、好感と信頼は別物である。民営化された警察の主な活動は吹奏楽の演奏で、制服を着てお尻をふって歩きながらちんどん屋さんとサーカスの名曲を演奏して町を練り歩く。子供たちには大変な人気で、義郎もあとをついて歩きたくなることがあった。しかし吹奏楽以外の活動となると、どんな活動をしているのか誰にも分からない。交番は廃止された。かつての交番は「未知案内」と名前を変えて警察署から独立し、道を教えるだけでなく観光案内も兼ねた有料サービス機関になった。新聞を読んでいても「容疑」、「捜査」、「逮捕」などの言葉を見かけなくなった。生命保険が禁止されたせいで殺人事件はほとんどなくなったという説もあるが、義郎はこの説を鵜呑みにしているわけではない。

母親が世を去り、父親は雲隠れでは無名があまりにも可哀想だが、死も蒸発も実はごく個人的な問題であり、警察に持ち込むのは気が引けた。義郎は、ミニチュアのような赤ん坊の手を握って小さく動かし、大声で泣き笑いしたい気持ちが爆発し、口から思わず飛び出してきたのが、「二人で頑張ろう、同僚」だった。これまで使ったことのない「同僚」などという言葉がなぜこの瞬間出てきたのだろう。本当は「同志」と言いたかったのかもしれないが、この単語にからみつく面倒な記憶を振り払った結果、「同僚」が出てきたのかもしれない。

警察に届けなくてよかった。しばらくすると飛藻から手紙が来た。「施設からはおさらばしたよ。心配かけてごめん。でもこれにはちゃんとした理由がある。なんと新しい館長がヒューマ教のカンプ。まいった。ドグマだらけの毎日。なにしろ食事には豆を使わない、色つきパンツは禁止、髪の毛は真ん中でわけろ。気持ちわるい規則ばつかで恐い。血のにおいもするし。だから逃げた。それからしばらくは野宿者してたけど、昔の仲間に偶然あって、さそわれて行ってみたのが、オモチャ工場。ここはオレたちみたいなイゾンビしか雇ってくれない。工場での仕事は全部、賭博場風につくられている。負ければドレイ、勝てばボウクン。給料はやたら安いけど、食い物、寝場所、服、すべて確保されてる。不安のない生活は久しぶりだ。ルーレットもお皿は古いがインチキする奴もいないし、けっこう勝ってる。」

いつか無名が言葉をしゃべれるようになって「お父さんはどこ」という問いを向けてきたら、義郎は「重い病気の治療のために遠い場所に住んでいるんだよ」と答えようと心に決めた。何の病気か訊かれたら「一つの遊びに執着してそればかりやってしまう病気」だと教えてやろう。ところが、無名はこれまで自分から両親のことを知りたがったことがない。小学校に行っても両親に育てられている子がクラスに一人もいないせいか、「お母さん」や「お父さん」のことがほとんど話題にならない。

両親のいない子供を「孤児」と呼ばなくなって久しいが、新しくできた「独立児童」という言葉を口にする度に義郎は「独立」という言葉にひっかかる。「独」の字を見ていると、群れから離れて孤立した犬が、生き延びるために一人の人間にぴったり身を寄せて離れない姿が目に浮かぶ。

　鞠華が院長をしている施設では、独立児童が五十人ほど暮らしている。施設の運営は過酷な条件にかかわらず、大変うまくいっているという評判だったが、鞠華と施設との間には不健康な依存関係ができあがってしまっていた。鞠華がもし三日休みをとれば、施設はトランプの城のように倒れてしまうだろう。たとえば、農家から配達されてくる野菜が予定通りに到着しなかった場合、その野菜をすぐに送ってくれそうな別の農場があるのかどうか、もしなければ食事プランをどう変えればいいのかなどの知識は鞠華の脳の中にしか記録されていない。また医者が不足しているので、子供の骨が折れた時、呼吸が苦しくなった時、下痢がとまらなくなった時、どこの病院からも専門医には来てもらえないところをどうにか助けてくれそうな医者を捜して連れて来るのも、データ化して記録できない種類の無数の知識とコネと話術がなければできないことだ。実際に困ったことが起こった瞬間、過去に蓄積された一億の経験の中から複数の経験を一瞬にして選び出して合成して結論を出す人間の脳の優れた働きだけに頼って施設はかろうじて成り立っているのだった。

　無名と義郎を訪ねていって、一晩でいいからいっしょに鍋を囲んで話がしたい。まばらで嚙み合わないバスと電車の発車時間を無理に縫い合わせて、鞠華は何が何でも二人に会いに行く決心をした。朝まだ暗いうちに起きるのには慣れていた。夏も冬も毎朝、太陽が前足の爪を地平線にかけて上半身をぐいと持ち上げる前に自分も起き出して、机の上に置かれた直径五センチ、高さ十センチの蠟燭にマッチで火をつける。オレンジ色の炎はまるでゴムででもできているように背伸びして震えたり、縮んで悶えたりしている。昨日やり残した仕事を早く片付けなければと先を急ぐ心をその炎が引き留めてくれる。

しかしその朝は、マッチを擦る暇もなく、小さな鞄をかかえて施設を出た。大切な儀式を怠ったような罪の意識に駆り立てられて逃げるように横切る施設の敷地がいつもより広く感じられる。一本の外灯から次の外灯に至るまでに足が暗闇に呑まれて見えなくなる。敷地の外の道に出るとそこには外灯さえなかったが、それでも夜明けがどこからともなく近づいてくるのが感じられた。バスを待つのは久しぶりだった。遠景の墨を流したような丘の輪郭、樹木の影絵を睨んでいると、闇に光の穴を二つ穿ってバスが近づいてきた。始発のバスは乗客を一人も乗せずにやってきて、鞠華が運賃を払っても顔をあげない運転手の姿も、鞠華が席に座ると、仕切りの向こうに見えなくなってしまった。終点の鉄道駅で降りるが、駅には看板もないし、構内にはまだ人がいない。鞠華は待合室の冷たいベンチに腰をおろして耳をすました。そのうちここは本当に駅なのかという疑問が浮かんできた。経験的に自分はここが駅だと思い込んでいるが、前にあったことが今もその通りであるとは限らない。ここが駅ではなくなったという情報がたまたま自分の耳に入ってきていないだけかもしれない。

しばらくすると、山高帽をまぶかにかぶった男と大きな鞄を持った女性がそれぞれ別の入り口から同時に待合室に入ってきて、申し合わせたように同じベンチに腰を下ろした。子供の頃に観たスパイ映画にそんなシーンがあったような気がして、鞠華は二人が本当に他人なのかそれとも示し合わせてやってきたのか探り出そうとしばらく観察していた。やがて待合室の隅に設置されたベルがけたたましく鳴り響き、それを追うようにローカル線が近づいてくる音が聞こえた。鞠華がプラットホームに出ると、空が東の縁から追われるように明るくなっていった。

乗り換えの多い困難な旅だと頭では分かっていたくせに、初めのうちは、なんだかすいすいと無名と義郎のところへ移動できそうな気がした。しかし乗り換える度に待合室に入り、他の人たちが来るのを待ち、やっとその空間が待合室らしくなると、列車が来てみんなで乗りこむ、という過程が繰り返されるうちに終わりが見えなくなり、自分が何をしているのか見失いそうになってきた。どの列車も鞠華の願いを最後まで読み取ってはくれず、途中で非人情に降ろしてしまう。何度も乗り換えなければならないのはいいとしても、その度に最大限の乗り換え時間を強いられるのは自分だけなのだという気がしてくる。もしそうならば、誰が何のためにそんな風に時間表を組んだのか。世の中を陰謀の組み合わせとして解釈するのは鞠華の得意とするところだった。

やっと最終目的地の駅に降りて、駅前でまたバスを待ち、バスに揺られ、バスを降りて、会いたさ、待ち遠しさに胸を引き裂かれ、嫌でも前屈みになって、息を小刻みに区切り、やっと見えてくる仮設住宅の列が左右に続くその真ん中を、先へ、先へ、もっと先へと小走りに。一つのブロックに一体何十軒同じ家が並んでいるのだろう。その連続性が、その圧倒的な数が、自分が行き着きたいのはその中のたった一軒の家だという思いを押しつぶしそうになった時、やっと見えてきた。義郎と無名が並んで立って、招き猫みたいに手招きしている。こんな時はメトロノームみたいに左右に手を振るものだと思っていたけれど、それは昔、外国映画ばかり観ていたからそんな気がするだけなのかもしれない。大きな招き猫と小さな招き猫。お招き、ありがとうございます。鞠華は急におかしくなって、前屈みになって、笑いながら本気で走り出した。

「曾おばあちゃんのご到着です」

とおどけた奇声をあげたのは、到着した本人だったたか、その夫だったたか、それともその曾孫だったたか。三人とも大喜びで心の爆竹を鳴らしながら、春先のうさぎのように飛び跳ねる。家の中では土鍋がすでにもうもうと湯気をあげて三人を待ちかまえている。鞠華は座布団の真ん中にお尻が占めるべき場所を見つけると、根が生えたみたいにすわりこんだ。湯気の向こう側にすわる義郎と無名は雲の中の仙人だった。無名は、あは、あは、あは、と笑いながら、沸騰しただし汁に何度も箸を突っ込むが、何もすくい出せない。幸い、隣の箸が補給してくれるので、無名の小皿は常に海の幸、山の幸に溢れていた。いつもなら食べないエビが鍋からあがる度に、マイタケがあがる度に、不吉な汚染の記憶を振り払って、義郎と鞠華は楽しい思い出を網ですくいあげ、それが絹豆腐のように箸の間で崩れ落ちてしまっても、忍耐強くすくい取って、小皿にすくいあげ、熱すぎる断片をむさぼるように味わう。時間はそんな三人に加担することなく、冷酷に走り去り、鍋の底に忘れられた一切れの白菜がくたくたになった時、柱時計がぼんぼん殴りかかってきた。

「あ、もう帰らないと。」

鞠華は腰を上げて、ねじれた上着の袖に無理に腕を通し、寒くもないのにボタンを下から喉元まで一つも忘れずにかけて、短時間の間にすっかりきつくなってしまった靴をはき、

「それじゃ、またね。また来たいんだけれど、もしできたら、本当にすぐに、また、来たいんだけれど、でも無理してでも、そのうち、」

と口に出す言葉、出さない言葉、たくさんの言葉にもまれながら、身体をメモ用紙

みたいにその場から引きちぎって、くしゃくしゃにして捨てるように歩き出す。涙に濡れた顔もくしゃくしゃ、声は出す前からかれている。

「送っていくよ」

と背後で叫ぶ義郎。よろける無名を抱き上げて、自転車の荷台に乗せようとする義郎に向かって、両手の平を栖のように立てて、

「送らなくていいの、帰る時は一人がいいの、」

と流行歌でも歌うように節をつけて言ったのは、涙声がばれないように咄嗟に思いついた工夫。歩調は勝手にどんどん速度を増し、そのうち小走りになって、運動会じゃあるまいし、肘を脇の下につけてせっせと振りながら、歯を食いしばって顎を前につきだして、走る、走る、走る。火事場から逃げていく時は、こんな風なのかもしれない。どこかが燃えているのでどこかが痛い。別れは昔から苦手だったが年をとるにつれてますます苦手になった。絆創膏を剥がしてまだなおってない傷口に触るような痛い思いをするくらいなら、絆創膏が黒く汚れて、ねちゃねちゃになって、肌といっしょに腐り始めても、いつまでも剥がさないでいた方がまだまし、などと子供じみたことを思ってしまう。

曾孫の顔が、電車にゆられてもバスにゆられても、いつまでも網膜から消えない。仕事に戻って、忙しさが崖崩れのように襲ってきても、呼吸の合間に無名の笑い声が

聞こえてくる。鞠華は施設の子供たち全員に均等に感じているはずの愛情がふっと薄まって、無名だけに執着することを何より恐れた。

鞠華は、優秀な子供を選び出して使者として海外に送り出す極秘の民間プロジェクトに参加していたが、最近、審査委員の主要メンバーに選ばれた。施設にはこんなにたくさん子供がいるのに、使者としてふさわしい子はなかなか見つからない。頭の回転が速くても、それを自分のためだけに使おうとする子は失格。責任感が強くても、言語能力が優れていなければ失格。口はうまくても自分のおしゃべりに酔う子は失格。他の子の痛みを自分の肌に感じることのできる子でも、すぐに感傷的になる子は失格。意志が強くても、すぐに家来や党派をつくりたがる子は失格。人といっしょにいることに耐えられない子は失格。孤独に耐えられない子は失格。既成の価値観をひっくりかえす勇気と才能のない子も失格。なんでも逆らう子は失格。日和見主義者も失格。気分の揺れが激しい子は失格。こうしてみると使者にふさわしい子など存在しそうにないのだが、一人だけ完璧な適任者がいる。

無名に危険な使命は負わせたくない。このままいつまでも義郎に守られて平穏な毎日を戦い抜いてほしい。いつまで生きられるかわからない身体なのだから、その命を敢えて危険にさらす必要はない。自分さえ黙っていれば、無名は審査委員会に発見されずにすむだろうと鞠華は思っていた。

鞠華は施設で小さな子がころんで泣き出すのを見ると、娘の天南がまだ小さくてよく泣いた頃のことを思い出す。助けを求めて泣く子はすぐに慰めてやった方がいい、放っておいて強い子に育てようなどと考えると、人に助けを求めることのできない頑固な人間になって早死にする、という理論が当時は優勢だったので、鞠華は娘が泣いているとすぐに抱きしめて慰めてやった。抱いているうちに、二つの身体が見えない血管で繋がっているのが感じられ、あわてて身体を離したこともある。

こんなこともあった。娘が三歳くらいの時、実家の柱時計のある部屋に向かい合ってすわって、あやとりをしていた。すると血管が小枝のように身体の外に伸びているのが見えた。蜘蛛の糸のように細い血管で、それが壁や天井まで広がり、柱時計に絡みついていた。ぞくっと寒気がして、立ち上がった。家の歴史についてそれまで考えたことがなかった。名前も知らない、これまで関心を持ったこともない人たちが何代にもわたってこの家で生まれては死んでいった。奴隷のように働かされた女性の汗が壁に、そして若い雇い人に性交を強いた主人の精液が柱にしみこんでいる。早く遺産が欲しくて寝たきりの父親の首を絞めた息子の冷汗のにおいがする。それを見ていた天井や窓がこちらをにらんでいる。夫婦の苦しみがしたたり落ちた便器と下水をつなぐ管。孤独を化学変化させて野望にかえた母親が、汗ばんだ太股に細い息子の首を挟んでしめつける。夫の浮気を見て見ぬふりをする妻は、味噌汁に自分の大便を混ぜて出した。家のまわりをうろうろする美男の放火魔は、かつて不当に首にされた使用人かもしれない。旧家が由緒正しい臍《へそ》の緒を繋げてきたその紐が首に絡みついてくる。内緒の楽しさを分かち合う血まみれの血族と縁を切りたい。わたしの本当の家族は、喫茶店で偶然出逢った人たち。わたしの子孫は、施設で暮らす独立児童たち。

鞠華は無名と義郎が仮に暮らしている質素な住宅を初めて見た時、すがすがしさを感じた。二人は好きで避難生活を送っているわけではないので、そんなことを言うのは無神経かもしれないと思い、初めは遠慮して黙っていたが、義郎もこの家がかなり気に入っていることが話しているうちにわかってきたので、鞠華も自分の印象を素直に口にした。旧家の重苦しさも、マンションの高慢も感じさせない質素な木造一軒家。しかし、それはたまたまこの地区の家々を建てた大工たちが優れていたおかげで、このような家をすぐに建てることができたのであって、数キロ先には大工ではなく鬼六が建てた仮設住宅もあり、建設費を三倍もかけているのに、夏は外より暑く、冬は外より寒く、風通しが悪く、壁は薄く、溜息を漏らしただけで隣の人に聞こえてしまうのだということを義郎が教えてくれた。

仮設住宅の増加が目立つのは多摩地区から長野にかけての地域で、これから中山道沿いに京都まで帯状にじわじわと人口が増えていくことが予想されている。都心にはもう人が住んでいない。国会議事堂や最高裁が引っ越ししたという話は耳にしないが、かつての建物がもう使われていないことは確かだった。空洞である。日本政府が民営化された時、それまで働いていた議員や裁判官は退職金をもらって九州にできた高級住宅地「薩摩の森」に移住したという噂さえある。新しく選挙で選ばれた議員たちは一体どこで仕事をしているのだろう。議員は本当に存在しているのか、それとも、あるのは名前と顔写真だけで実物は存在しないのか。義郎は選挙会場である市役所まででかけていって、名前を紙に書いて出したことは覚えている。そこまでは現実だった。少なくとも名前を紙に書いた鉛筆は現実だった。

議員たちの主な仕事は法律をいじることだった。法律は絶えず変わっていくので、いじられていることは確かだ。ところが、誰がどういう目的でどういじっているのかが全く伝わってこない。法そのものが見えないまま、法に肌を焼かれないように直感ばかりを刃物のように研ぎ澄まし、自己規制して生きている。

鎖国政策が決定し、結果だけを知らされて唖然とし、しばらくの間、感嘆詞以外の言葉が口から出なかったのは、義郎と鞠華だけではなかった。「江戸時代はいい時代だった、鎖国は必ずしも悪いことではない」という意見が新聞を一色に染めた。そんなことを書いている評論家たちは、実は自分も鎖国に反対だったのに、何も知らされずに勝手に鎖国を決められて屈辱の泥を顔に塗られたことに耐えられず、かと言って、そんな気持ちを正直に告白したのでは庶民と同じく馬鹿をみたことになり商売にならないので、「実は自分は初めから鎖国には賛成で近々政府に提案するつもりだったのだ」という葡萄好きの狐も呆れるような見栄見栄の負け惜しみを吐くのだった。

義郎は一度、「鎖国はなかった」というエッセイを新聞に投稿したが、載せてもらえなかった。江戸時代にどれほどオランダや中国を通して全世界との交流が盛んだったかを書いたつもりだった。載せてもらえなかった理由は、新聞社が世話になっている専門家が太鼓判を押してくれなかったからだと言われた。それなら総合雑誌にエッセイを依頼された時にこの原稿を出してやろうと手薬煉《てぐすね》引いて待っていたが、不思議なことにそういう時期には全く依頼が来ない。

あまり腹がたったので、義郎は童話を書いて、前にも一度本を出したことのある出版社に送った。小学校六年生の女の子の話だった。その子の暮らす国には、お弁当は日の丸弁当でなければいけないという決まりがあった。だからお母さんは毎朝、白いご飯の真ん中に梅干しを押し込んだお弁当をつくってくれた。海苔の黒い色は二層になったご飯の間に隠し、おかずの卵焼きやほうれん草は別のおかず入れに入れて、毎日その子と弟に日の丸を持たせてやった。ある日、そのお母さんが交通事故にあって入院してしまい、お父さんは出張先から急に帰ってくることができなかった。泣いている弟を慰めながら、少女は海苔をうまく鋏で切ってパンダ弁当をつくってやった。弟は大喜びで登校し、クラスのみんなにそのお弁当を自慢した。ところが翌日、少女は感化院に送られ、病院から退院してきた母親も逮捕されてしまった。

残念ながら義郎の書いた童話はまだ出版されていない。出版社から来た手紙には、「子供には理解できない内容だ」と書いてあった。


鞠華は夜ひんやりした絹の蒲団を鼻までかぶると、義郎と性交した昔のことを思い出して、くすっと笑うことがある。あれからもう八十年以上たっている。目に浮かぶのは、なまめかしい蒲団の極楽ではなく、恐竜が戯れているような映像である。鞠華の肌や姿勢はまだ若さを保っていたが、内側から感じられる肉体は昔とは全く違っている。昔は乳首が外部から前にひっぱられる感じがしていたが、今は乳房が内側に向かって大きく膨らみ、前線を敵から守っている。若い頃はまだお尻の肉に神経が密に通っていなかったのか、そこだけひんやりして、他人の手に触られて初めて自分の存在がそんな後の方まで膨張していることに驚かされたものだが、今ではお尻全体が常に熱く威張っていて、さあ、立ち上がって窓をあけなさい、さあすわって請求書をもう一度よく調べなさい、などと命令をくだす。昔「女房の尻に敷かれている」という表現があったが、鞠華はいつの間にか自分自身の尻に敷かれていた。

専門家の中には「人類はすべて女性化する」という説を唱える人と、「男の子として生まれた子が女性化し、女の子として生まれた子が男性化するのだ」と説く人がいる。

お腹の子が女の子だとわかると中絶してしまうような文化圏では、バランスを壊された自然が怒り狂って、いろいろなトリックを使い始めた。生まれた時の性が持続することはなく、誰でも人生のうち必ず一度か二度は性の転換が起こるようになったのも自然の策略の一つだろう。転換は一度なのか二度なのか事前には分からない。

義郎は鞠華が送ってくれた写真を箪笥の上に飾っている。施設でお正月に撮った写真だそうで、妻の左の肩に重そうな頭を預け、半分目を閉じている子供。つらそうにも見えるし、うっとりと夢見ているようにも見える。睫《まつげ》が密に生え、サクランボのような唇をしたその子の首はとても細く、喉仏だけが大きく発達している。この子の首に比べたら、無名の首は太くてしっかり据わっているとさえ言えるだろう。鞠華のもう一方の肩に両手をのせている子は、カメラに向かって顎と舌を突き出している。鞠華の膝に頭をのせて眠っている子、畳の上に正座していてカメラ相手に優等生を演じている子。背後に立っている賢そうな目つきの子は熱が高いのか頬が赤い。他にも何人か写真を撮られていることに気づかないかのように見える子供たちがまわりにいる。みんな女の子に見えるが、実際は男の子も混ざっているのだろう。

鞠華は、また義郎と無名に会いに行きたいという気持ちが潮のように満ちてくると、その気持ちを絵はがきの小さな四角形に押し込んで潮が引くのを待った。この間も、「二人とも元気でやってますか。あなたの百八歳の誕生日のお祝いにはお砂糖でできた大きな鯛を持って行くから」と義郎宛の絵はがきを書いて出したばかりだった。

義郎は、百八歳の誕生日をどう祝うかについて具体的に計画を練る気にはなれなかった。できれば無名が「極楽!」と叫ぶようなことをしてみたい。みんなで水着を着て噴水パーティをしてもいいし、夜、お化けに変装して集まって線香花火をしてもいい。九十九歳の誕生日に家族親戚が集まったのがもう随分昔のことのように感じられる。百という数字を避けて、九十九歳の誕生日を祝うことにしたところまではよかったが、レストランでみんなで食事をするという平凡なアイデアを採用したのが間違いだった。丸いテーブルを時計の目盛りのように囲んだ親戚一同は、年が若ければ若いほど猫背で髪が薄く、顔があおざめていて、箸の動かし方も遅かった。自分たちがしっかりしていなかったから子孫がこうなってしまったのだと思うと、老人たちの自責の念が祝いの席の空気を重くした。

義郎の世代が本当に永遠に生きなければならないのかどうかは不明だが、とりあえず死を奪われた状態にあることは確かだった。肉体が末端まで使い古されて生物としての限界が訪れたら、動かなくなった肉の塊の中で、しつこく消えない意識だけがいつまでももだえ続けるのかもしれない。

自分の世代の人間は長寿を祝う必要なんかないのだと義郎は思う。生きていることはありがたいが、老人は生きていて当たり前なのだから祝う必要などない。むしろ死亡率の高い子供が今日も死ななかったことを祝うべきだろう。無名の誕生日ならば年に一度ではなく、季節ごとに祝ってやりたいくらいだった。凍傷にかからずに冬をひとつ越えることができたことを祝ってやりたい。夏ばてしないで秋を迎えることができたことを祝ってやりたい。季節の変わり目には身体が古いものを捨てて活性化する。義郎は春が来ると若返ったように感じるが、無名にとっては新しい季節は常に新しく挑戦してくる手強い相手だ。季節の変わり目には余分なエネルギーが必要になる。無名にとって環境の変化は季節の節目だけにあるわけではない。いつまでも変わらないように思える息苦しい暑さのまっただ中、じりじりと湿度が上がっていけば、こめかみから脇の下にかけてじっとりと汗が滲み、空気が少し乾けば、下着を脱がされたような肌寒さに突然襲われる。太陽が雲間から出てくれれば皮膚が乾いて割れ、夕立にぐっしょり濡れたあとは震えが肌から骨に到達する。空気だけではなく、毎日口に入れる食べ物のすべてが無名にとっては挑戦者である。オレンジジュースを飲んで胃の内壁に嚙みつく酸っぱさに負けてしまえば、それは栄養にならないだけでなく負担になる。昨日はすりおろしたニンジンを食べて安心していた胃袋が、今日は豆の繊維と戦うために夢中で胃液を出すが量が足りないので、お腹がどんどんガスで膨れていく。

義郎は気になって無名の方ばかり見てしまう自分の顎を左手でつかんで別の方向に向ける。あまり無名の方ばかり見ていると気持ちが乗り移って、自分まで食事がうまくできなくなりそうだった。そうなったら誰が無名の面倒をみるのか。自分たち老人は今時の子供たちとは正反対で、決して病気にならず、何も考えないで朝から晩まで働ける頑丈で神経の太い別の哺乳類なのだ、と自己暗示をかけ続ける。

無名が苦労しないで食べられる食品がないかと、義郎は絶えず新製品に目を光らせているが、出所のわからないものは買わないようにしている。いつだったかペンギンの死体が南アフリカの海岸をぎっしり埋めつくしたことがあった。国際海賊団の経営する会社がその死体を乾かして粉にして固めて子供用の肉ビスケットをつくった。それを日本に密輸入して儲けていた会社がある、という話が新聞に載っていた。肉ビスケットを見ると義郎は昔のドッグフードを思い出してしまうが、子供に充分タンパク質を摂らせるのには最適だという話を聞いてからは、ぜひ肉ビスケットを買いたいものだと思っていた。南極に住んでいたペンギンの肉なら汚染度は少ないのかもしれないが、大量に死んでいたということは石油タンカーが近くで沈んだせいかもしれないので、それが心配だった。

国際海賊団に入っている日本人たちは日本を無断で離れたため、もう帰国する権利がない。「帰国するよりも、いろいろな国から来た同僚たちといっしょに海賊の仕事をしていた方が金も儲かるし命も安全だ」というとんでもない手紙を新聞に投稿した日本人がいた。それを読んで義郎は大声をあげて笑ってしまった。新聞がそういう投稿を載せるということは、言論の自由もまだトキみたいに絶滅したわけじゃないんだなとも思った。

海賊組織なのでバイキングの伝統を誇るノルウェー人やスウェーデン人が活躍していることには何の不思議もないが、海に縁のなさそうなネパール人やスイス人なども参加しているそうである。日本人もかなりの比率で参加しているということは、鎖国の遺伝子など存在しないということだろう。

南アフリカ政府はあらゆる海賊と断固として戦う姿勢を示している。義郎はこの間足を運んだ「サメの将来とかまぼこの未来」についての講演会で、国際海賊組織の話を聴いた。講演原稿には検閲がないのでナマの情報が耳に入ることがある。義郎は歩いていける十キロ範囲内で講演会があると必ず出掛けていく。講演会場はいつも満員だった。

南アフリカとインドは、地下資源を暴力的なスピードで工業製品に変えながら安価を競うグローバルなビジネスからいち早く降り、言語を輸出して経済を潤し、それ以外のものは輸入も輸出もしないという方針をとっていた。南アフリカとインドは「ガンジー同盟」という名前の同盟を結び、世界の人気者になりつつあった。この仲のよいペアに嫉妬する国もいくらかあった。二国が喧嘩をするのはサッカーについてだけで、人間と太陽と言語に関しては意見がいつもぴったり一致していた。南アフリカとインドは、諸外国の専門家たちの予測に反して、経済的にどんどん豊かになっていった。日本の政策も、地下資源の輸入と工業製品の輸出をとりやめたところまでは同じだが、輸出できるような言語がなかったので、そこで行き詰まってしまった。政府は沖縄の言葉が日本語から完全に独立した一つの言語だという論文をお抱え言語学者に書かせ、中国にいい値で売りとばそうと企んだこともあったようだが、沖縄はそんなことは許さない。もしも沖縄の言葉を売り飛ばすつもりならば、これからは果物をいっさい本州に出荷しない、と強く出た。

義郎の朝には心配事の種がぎっしりつまっているが、無名にとって朝はめぐりくる度にみずみずしく楽しかった。無名は今、衣服と呼ばれる妖怪たちと格闘している。布地は意地悪ではないけれど、簡単にこちらの思うようにはならず、もんだり伸ばしたり折ったりして苦労しているうちに、脳味噌の中で橙色と青色と銀色の紙がきらきら光り始める。寝間着を脱ごうと思うのだけれど、脚が二本あってどちらから脱ごうかどうしようかと考えているうちに、蛸のことを思い出す。もしかしたら自分の脚も実は八本あって、それが四本ずつ束ねて縛られているから二本に見えるのかもしれない。だから右に動かそうとすると同時に左とか上とかにも動かしたくなる。蛸は身体に入り込んでしまっている。蛸、出て来い。思い切って脱いでしまった。まさか脚を脱いでしまったわけじゃないだろうな。いや、ちゃんと寝間着を脱いだようだ。さて脱ぐものを脱いだのはいいけれど、今度は通学用のズボンをはく必要がある。布が丘になっていて、その丘を突き抜けてトンネルが走っている。脚は列車だ。トンネルを走り抜けようとしている。またいつか明治維新博物館へ行って、蒸気機関車の模型で遊びたいな。トンネルは二本あるから、一本は上り列車が入っていく口で、もう一本は下り列車が出て来る口。であるはずなのに、右足を入れても左が出てこない。かまうもんか。肌色の蒸気機関車がトンネルに入っていく。しゅ、しゅ、ぽ、ぽお。

「無名、着替えはできたのか。」

曾おじいちゃんの声を聴くと、蛸はあわてて靴下の中に隠れ、蒸気機関車は車庫に滑り込んで、無名だけがその場にとり残された。着替えというたった一つの仕事さえまだできていない。

「僕はダメ男だなあ」

と無名がしみじみ言うと、義郎が吹き出して、

「いいから早く着なさい。ほら、」

と言いながら、しゃがんで通学用のズボンを両手で持ち上げて広げてみせた。

「僕、この間見たあの作業服みたいの、ほしいな。」

「作業服って？　ああ、繋ぎか。昔の人は、繋ぎのことをオーバーオールと呼んだんだよ。」

「にくいなあ、オーバーオールか。」

「でも、オーバーオールという言葉は外来語だから使わない方がいいよ。」

使わない方がいい、という表現に無名はいつものように納得のいかないものを感じる。言葉を知っていること、知っていてもわざと使わないこと、使わなくても人に教えること、使うなと言いながら教えること。曾おじいちゃんの顔が何重にもぶれて見える。呼び名がなくなっても衣服はあり続けるのかなあ。それとも衣服は呼び名といっしょに変身したり、消えてしまったりするのかなあ。無名は先週、子供服専門の洋品店で「ゴムの入ったのは嫌だ。腰のまわりにぎざぎざ模様が残って、かゆいんだ」と言って、作業服風に仕立てられた繋ぎをねだった。でも学校で一人で厠に行った時にあまりにも不便だということで買ってもらえなかった。いつか水道管を修理しに来てくれたおじさんがこれと似た服を身につけていて、それが羨ましくて忘れられなかったのだけれど。繋ぎは買ってもらえなかったが、その夜、曾おじいちゃんは徹夜して特製のズボンを縫ってくれた。

「早くしないと遅れるぞ。」

曾おじいちゃんの口癖はこれだ。別に学校が嫌なわけじゃないけれど、せかされて着替えて、決められた時間に行くんじゃ、学校が嫌いになりそうだ。支度が早くできないのは僕のせいじゃない。服もジュースも靴もみんな勝手なことをしていて協力的じゃないし、時計の針は自分のことだけ考えて、どんどん先に進んでいってしまう。学校なんて行きたい時に行けばそれで充分なんじゃないかな。学校のいいところは遊び仲間がたくさんいるところ。学校のよくないところは、他の子供たちが勉強の邪魔をすること。一人で勉強していた方がずっとはかどる。僕が大切なことを思いついて先生に言おうとすると必ず別の子がつまらないことを大声で言って邪魔をする。考え事をしていると、後から髪の毛を引っ張られることもあるし、先生がおもしろい話を始めると、必ず「おしっこ」と言う子がいて、そこで話がとぎれてしまう。学校の嫌なところを考えていると、家にいられる土曜日が待ち遠しくなってくる。あと何度うんこをしたら学校のない日が来るんだろう。「がんばれよ、しっかり排便できるということは黴菌《ばいきん》と戦う力があるってことだ」と言って、曾おじいちゃんは毎朝僕を励ましてくれる。まだ火曜日か。火曜日は火に関係のある日だから、理科の時間にマッチを使う実験があって火傷《やけど》するかもしれない。あしたは水曜日。水曜日は水の日だからプールで溺れるかもしれない。温水プールの水温をもう少しあげてくれるとありがたいんだけれど、あれじゃ入った時にあまり冷たいんで、きゃあきゃあ騒ぎたくなってしまうし、騒ぎすぎると後でふんにゃり疲れて、脚がうどんになって歩けなくなってしまう。疲れたらプールサイドで横になって休んでいなさい、って先生はやさしい声で言うけれど、でも気がつかないのかな、プールにも引き潮と満ち潮があるってこと。僕が横になっているとプールの波はどんどん高くなっていってプールの縁を越えて、じゃばんじゃばんと顔にかかる。そのうち高い波が来て、僕をのみ込んでしまう。アップアップと頭を上に持ち上げて酸素を吸おうとするのだけれど、手首と足首がぐいぐい水底に引っ張られていく。そうだ、いいことを思いついた。そうなったら本来の蛸の姿に戻ろう。そうすれば水なんか恐くないぞ。蛸の姿で水曜日を生き延びて、木曜日を待とう。木曜日は木の日だから、校庭の桜の木が倒れてきて、潰されるかもしれない。最近の樹木は外から見ると元気そうでも実は病気で、幹の中が空洞になっていることがあって、誰かが近くで溜息をついただけで倒れることもある。だから「木の近くでは溜息をつかないこと」なんて立て札まで立っている。ああ、桜並木が遠くの木から順番にどんどん倒れてくる。僕は走って逃げる。脚が速いから枝一本あたらない。気持ちいいなあ、思いっきり走るのは。金曜日は金色。太陽には目が一つしかないけれど、その目は金色で、一人でいる時にその目で睨まれると身体が硬直して動けなくなる。だから外で一人で遊んだりしたらだめだ。学校の裏の崖が崩れてきて、土砂崩れの下敷きになる。誰も助けに来てくれない。肘がしびれてくる。脚には感覚がなくなって、触ると他人の肉みたいだ。

「無名、これ食べるか。」

曾おじいちゃんが軽くトーストしてくれたライ麦のパンは香ばしいけれど、噛むのが大変だ。乾いた穀物の尖った悪意が口の中の粘膜をいっせいに刺す。血の味がする。穀物は摘み取られ、脱穀され、粉にされ、捏ねられ、焼かれてもまだこんなにトゲトゲしく反抗し続けている。しぶとい奴だ。一度、「トーストは血の味がするね」って言ったら、曾おじいちゃんが泣きそうな顔をしたから、そういうことはもう言わないことにした。曾おじいちゃんは眉毛が濃くて顎が張っていて強そうに見えるけれど、実はすごく傷つきやすくて、すぐ泣きそうになる。なぜか僕のことを可哀想だと思っている。

それにしても年寄りはどうしてあんなかたいパンを平気で齧《かじ》ることができるんだろう。昔の人は歯が丈夫で、「かた焼きせんべい」という石のようなせんべいをわざわざ焼いて、ばりばり食べていたそうだ。曾おじいちゃんが僕を笑わせるために石みたいにかたいおせんべいを食べる真似をしてくれることがある。実物を買ってきて実演してくれたらもっと面白いんだろうけれど、もうそんなものは売ってないんだそうだ。大きく口をあけて、おせんべいをくわえて、口の外に出た部分を手で下に押すと、ガガーリンと音がして月のようにまるいせんべいが割れるらしい。それから口の中に残ったかけらを舌をうまく動かして石臼みたいな奥歯のところへ持っていって丁寧に嚙み潰すんだそうだ。壁の薄いアパートでは、隣の人がおせんべいを食べている音が聞こえてくることもあったらしい。おせんべいだけじゃない。煎ったアーモンドを嚙み砕いたり、干し肉を食いちぎったりしていた昔の人間は、リスとライオンがいっしょになったような生き物だったに違いない。僕と曾おじいちゃんは動物図鑑の同じページに載せてもらえないかもしれない。

昔の人は鳥の内臓や妊娠中の川魚を串に刺して直火で焼いて食べることもあったらしい。とても本当の話とは思えないけれど、曾おじいちゃんを見ていると実話なのかもしれないという気がしてくる。曾おじいちゃんたちの身体は、僕らの身体とあまりにも違いすぎる。曾おじいちゃんはかたい物を食べるだけじゃなくて、食べる量がとてつもなく多い。食べ過ぎてエネルギーをもてあましている。だから朝起きると用もないのに外を走りまわって余分な体力を消費している。僕らには余分な力なんか一滴もない。着替えに体力を使い過ぎると、もうそれだけで学校に歩いていく力が足りなくなって、曾おじいちゃんの自転車の荷台に乗せてもらうことになる。最初から乗せてもらうのは恥ずかしいから、家から出て何十歩かは自分の脚で歩くようにしているけれど、すぐに脚が重くなって歩けなくなる。

「無名、まだ着替え終わってないのか。学校遅れるぞ」
と言いながら、曾おじいちゃんが近づいてくる。厳しい声を出そうとしているのは分かるけれど、ちっとも恐くない。

無名の襟首からたちのぼる子供の甘い匂いを義郎は深く吸い込んだ。この匂いだ。娘の天南がまだ赤ん坊だった頃、抱き上げて顔を近づけるとこの匂いがした。それは女の子の匂いなのだと勝手に思っていたが、無名はこの匂いを濃厚に発散している。天南が大人になって飛藻を生み、ある時靴下を履かせてやってくれと頼まれて、りんごに袋を被せるみたいに靴下をはかせた時、子供の小さな足に激しいいとおしさを感じたことは今でも覚えている。しかし飛藻は、無名ほどいいにおいはしなかった。幼い飛藻の身体から発散されるにおいには、すでに泥と汗が混ざっていた。飛藻は小学校に入学する頃には靴下など無視して、裸足《はだし》で運動靴の踵を踏みつぶして、「行って来ます」も言わずに勝手に外に遊びに行くようになった。落ち着きも思いやりもない子だったけれど体力はあった。

無名が生まれて飛藻が戻ってきた時、「自分の子がかわいくないのか」と思わず陳腐な台詞《せりふ》を吐いてしまった義郎に対して、飛藻はその場の勢いで、「俺の子かどうか、どうしてわかる」と言い返した。義郎はどきっとした。売り言葉に買い言葉の口喧嘩で言ったことに真実を求めても仕方ないと思い、飛藻の言葉をすぐに忘却炉に投げ込んでしまったが、だいぶ後になって灰の中からささやき声が聞こえてきた。無名の父親が本当に飛藻なのかどうか、飛藻自身も自信がないのだということだ。

無名の母親は、おしどりでもペンギンでもなかった。貞節という漢字も書けず、腰が軽く、浮気が日常、責められても上の空、罪の意識はなく、うわばみみたいによく飲む女でもあった。もうとっくに灰になっているので、無名の父親が誰だったのか訊きたくても訊くことができない。たとえ生きていたとしても、ひょっとしたら本人ももう覚えていないのかもしれない。

義郎は、自分と無名は遺伝子がつながっていないかもしれないのだ、髪の毛を病院に送って遺伝子の検査をしてもらおうかと思ったこともあるが、畳の上に落ちていた無名の髪の毛を指の間にはさんでぼんやり眺めているうちに笑いがこみあげてきた。遺伝子の匂いをかぐことは誰にもできない。でも無名がいつまでも発し続けている乳児のように甘い匂いを自分ははっきりかぎとることができる。それが何より確かなメッセージだ。もし無名の母親も父親もこの匂いに酔うことができないとしたら、大自然は義郎を無名の育ての親として選んだとみていいのではないか。

隣の家から青空に吸い込まれそうな女の子の歌声が聞こえてきた。

「とんぼ、とんぼ、どこ飛んぼ。」

澄んだ高い声で「とんぼ」の「と」が義郎の頭蓋骨に直接響いた。幼い声の持ち主は、自分の目でトンボを見たことがあるんだろうか。多分ないだろう。トンボを最後に見かけたのがいつだったか義郎は思い出せない。実際には見ることができなくても、少女の歌う歌の中にはトンボがいた。半透明の羽根と節のある細い胴体がつっと真っ直ぐに飛んだかと思うと一瞬空中に停止して、意外な方角に向きを変えて、またつっと飛ぶ。たとえ一瞬であっても空中にとまっていられるなんて不思議だ。一度でいいから無名にトンボを見せてやりたいと義郎は思う。

仮設住宅の壁は薄いので、少女の歌声ははっきり聞こえていた。ひとしきり歌い終わると、「もう学校に行かないと」という大人の女性の声がした。隣の家に住む少女とその世話をしている婦人とは家の前の通りで登校時に顔をあわせることがある。少女は真っ白な宇宙服のようなものを着ているので顔が見えない。その服が太陽エネルギーで動く筋肉服であることは義郎にも見当がついたが、無名が、きれいな服だね、と言った時には、そういう見方もある、確かにその服は宇宙服を思わせるだけでなく美しいという言葉にふさわしい何かを持っている、と思った。それはまだ到着していない時代の美しさなのかもしれなかった。義郎は昔の女の子たちが腰のくびれや胸の大きさを強調したり、うなじや太股の肌を意識的に見せたりしていたことを思い出した。それに比べると、ひとかたまりの白い雲のように動くこの少女を見ていると「セクシー」ではなく「幽玄」という言葉が思い浮かんだ。

少女と無名の登校時間はほぼ重なっていたが、少女はある研究所付属の選ばれた子供しか行かれない小学校に通っていた。そこでは特殊な能力を持った子供たちが専門教育を受けているらしい。

少女の世話をしている成人女性は世間話をしない人で、軽くお辞儀をしただけですぐに顔を背けてしまう。昔の義郎ならば今日は寒いとか暖かいとか雨が降りそうだとか、すかさず天気の話を差し出すことで、会話の糸口を見つけたものだが、いつからか天気の話がしにくくなっていた。寒さと暑さは混ざり合って、乾いた湿気になって肌をなぶる。まるで人間の言語を嘲笑するかのように。「急に暖かくなってきましたねえ」と言えば寒気がするし、「今朝は冷えますね」と言った途端に額に汗が浮かぶ。

「みんな天気の話ばかりしているけれど、僕は革命の話をする」という偉人の名言をもじった「誰も天気の話をしなくなったし、誰も革命の話をしなくなった」というアートポスターが先月、小学校の外壁に貼ってあったが、次の日には何者かの手で剝がされていた。

寒さと暑さだけでなく、暗さと明るさの対立関係も曖昧になってきていた。暗い日だと思っても灰色の空をじっと睨んでいると、空が電球のように内側から光を放っているのが感じられ、やがて眩しくて目をそらすことになる。風の強い日だと思って目を細めると、空気は凍りついて動かなくなる。日が暮れるにつれて、屋根屋根の輪郭は明るくなっていく。新聞が暗くて読みにくいので家の中で電気をつけると、新聞の紙面が光を吸い取って活字は暗闇に溶け込んで消える。電気を消して寝ようとすると、月が明る過ぎて眠れない。そんなに明るい月があるものかと不思議に思って窓を開けると月は出ていない。道に落ちた鉛筆の芯だけが光って見える。街灯も家のあかりもすべて消えて、夜は夜を認めよと主張しているかのように見えるが、夜の一番深まったように見える時点が同時に夜明けの始まる時点であるのはどういうわけか。

無名が靴をはいている間、義郎は少女の歌声に導かれ、隣の家の敷地に南側からまわりこんだ。仮設住宅には塀も垣根もない。義郎は首を長くして家の中の様子をのぞきこんだが、箪笥や机がひっそり正座しているだけで人影はなかった。窓辺には高さ十センチくらいの空き瓶が十個並んでいて、その一つ一つに小さな花が挿してあった。紫色の鈴、黄色い壺、赤い花火、白い戯れ、紅色の斑点。無名もきっとこういう色の連なりが好きだろう、自分も真似して窓際に花を飾って無名を喜ばせてやろうと義郎が考えていると背後で、

「おはようございます」

という声がした。はっと振り返ると、隣の家の女性が白髪をきっちり束ね、赤い絹のワンピースに身を包み、車椅子を押しながら近づいてきた。車椅子の中では、いつもは宇宙服のようなものを着ている少女が今日は白いワンピースを着て微笑んでいる。黒く光る瞳が、太陽の光を受ける角度によって、黒から碧に変わる。目と目の間が随分離れている。そのせいか、見ていると目眩がしてくる。無名にこの少女と話をさせてみたい。

「すみません。お花を見せてもらっていたんです。素敵ですね。よかったら、うちの曾孫に会ってもらえませんか。」

そう言いながら義郎が後ろ向きにそろそろ歩き出すと、二人はそれぞれ頷きながらついてきた。無名はしゃがんで自転車のペダルを手で握ってゆっくり回しているところだった。

「無名、お隣の方にご挨拶しなさい。失礼ですがお名前は」

と義郎が少女の顔をのぞきこんで尋ねると、

「睡蓮です」

と答えて少女は無名に向かって一度うなずいてみせた。仕草に余裕が感じられ、そのせいか無名と同じ歳なのにずっと年上に見えた。無名は前のめりに転ぶような歩き方で車椅子に近寄ってきた。

「曾孫の無名です。よろしく」

そう紹介してから自分で言わせた方がよかったかなと後悔していると、無名が義郎をさして、

「これが義郎です。よろしく」

と紹介した。隣の家の女性は、折り目正しい発音で、

「わたくし根本と申します」

と自己紹介したが、睡蓮と血縁関係にあるのかどうかは分からないままだった。無名は睡蓮の顔から目を離さなかった。照れる様子は全くなく、食い入るように睡蓮の顔を見つめ、見つめかえされても動揺しない。脇から二人の様子を観察していた義郎の方がなんだか恥ずかしくなって、

「もう学校に行かないと遅れる」

と言って無名の手を引いて家の中に戻った。自転車の機械油に汚れた無名の手を義郎は消毒液を含ませた手ぬぐいできれいに拭いてやった。

無名は膝のところから内側に曲がってしまう鳥のような脚を一歩ごとに外側にひらくようにして前進する。両腕で大きな輪を描いてバランスをとりながら、肩に斜めにかけた軽い鞄に細い腰をパタパタ打たれながら歩く。義郎は自転車を押しながら、無

名のすぐ横を歩いて行く。わざとゆっくり歩いていることを悟られないようにしながら、これ以上ゆっくりは歩けないというくらいゆっくり歩いている。無名は、義郎がわざとゆっくり歩いていることに気がついていないふりをしていた。

無名が立ち止まると、義郎も立ち止まる。しばらくすると無名はまた歩き始める。それでも十数歩くらい歩くとまた止まってしまう。一歩一歩が労働なのだ。

無名は見えないところに毎日筋肉を蓄えていく。外にもりもりと発達するこれみよがしの筋肉ではなく、無名にしかできないやり方で歩くのに必要な力が網のように身体の奥に張り巡らされていく。もしかしたら二本足で地を歩くという人間のやり方は最上ではないのかもしれない、と義郎は思う。人間が自動車に乗るのをやめたのと同じで、いつか二本足で歩くこともやめ、今とは全く違った移動法が生まれるのかもしれない。みんなが蛸のように地を這い始めた時、無名はオリンピックに出場するかもしれない。

義郎はとりとめもない空想を打ち切って、自転車をとめて頑丈なスタンドをおろして固定し、

「よく歩いたね。きょうはきのうより長く歩けたね」

と言って、無名の脇の下に両手を入れて持ち上げ、いつものようにその軽さに胸を痛めながら、自転車の荷台に固定された王座にそっと乗せてやった。柔らかい座布

団、後頭部まで支えてくれる高い背もたれ、肘掛け、足を置く台、ふくらはぎガード、緑色のシートベルトなどの付いた特製の王座である。義郎は自転車のペダルを力強く踏み始めた。

　校門の前は朝の市場のように賑わっていた。自転車からおろしてもらうと、無名はもう義郎の方を振り返ろうともしないで、校舎をめざしてまっすぐ歩き始めた。保護者は教室まで同行してもかまわないのだが、義郎はいつものように無名の後ろ姿を三秒ほど見守ってから追われるようにその場を離れる。

　校舎に入ると無名は脱いだ靴の踵を揃えて靴箱に入れた。この学校には、上履きはない。木綿の靴下を通してひんやりと冷たさの感じられる木の廊下を歩いて行くと、畳敷きの教室が並んでいる。教室の隅に積み上げられている木箱が、必要な時には机になる。椅子はない。無名は教室に入るなり最初に目に入った同級生に子犬のようにじゃれかかっていった。他にも何組か、畳の上でゆるい取っ組み合いをして遊んでいる子たちがいるが、大抵は女の子だった。不器用な倒れ方をする子は一人もいない。みんな腰を低くかまえて、押し倒されると身体をまるめてダンゴムシになる。初めは怪我を心配していた神経質な保護者たちも時が経つにつれて、この子たちは怪我をしにくいのだということが分かってきた。

　夜那谷《よなたに》は、喉元を締められるような暑苦しさを感じて、首に巻いた空色の絹のスカ

ーフをゆるめた。そのままにしていると失くしそうなので、とりあえず左手首にきり
きり巻いて結んだ。負傷兵の包帯のようだな、と思った。その時、床にすわってこち
らを見上げていた無名と目が合った。夜那谷の腕に巻かれたスカーフを無名は不思議
そうに見つめている。

「先生、どうしてスカーフとったの？」

「暑いからさ。」

「アツイの？」

「うん。急に暑く感じたり、寒く感じたりする。一種の更年期障害だな。」

「こうねんきしょうがいって何？」

「身体の変調だよ。音楽だって、長調から短調にかわることがあるだろう。」

昔の男性には更年期障害がほとんどなかったと言われるが、最近、仕事を休まなけ
ればならないほど重度の更年期障害を訴える男性が増えている。今朝、夜那谷は新聞
の社会面を読んでいて、急に手足が冷たくなって悪寒が走った。靴下をはき、ジャケ
ットを羽織ってコーヒーを飲んでいると、喉元から身体が火照り始め、汗が額を伝っ
て流れ、あわててジャケットを脱いだ。薬缶のように沸騰し始めた頭を冷やすため
に、薄着で登校した。校舎に入るなり、ふざけてじゃれ合っている子供があげる悲鳴
が耳に飛び込んできて、子供たちは楽しんでいるのだということが頭では理解できて

いるのに、心臓の鼓動が速くなっていった。十年前には自分の心臓の鼓動など気にしたこともなかった。

夜那谷は、就職したての頃のように子供はずっと見張っていなければ怪我をするものだとは考えていない。今にも倒れそうな歩き方をするあの無名も、ちゃんと体重を下の方に移してから両手を前にのばして、安川丸の背中に覆いかぶさっていく。鶴のような声をあげて警告してから、背中を向けてすわっている安川丸がゆっくり首をまわして振り返るだけの時間ちゃんと待っている。そういう意味では、戦いというよりは精密に計算された舞踏の振り付けを見ているようだった。

夜那谷は数歩下がったところに立ちすくんだまま、じゃれあう子供たちを見下ろしていた。そのうち必要もないのに「きをつけ」をしている自分の背骨に気がついて、あわてて背中をまるめてその場にしゃがんで、低い目線で教室内を見まわした。夜那谷が若い頃はまだ男性は背が高い方がいいという先入観が社会に残っていた。これは明らかに映画や雑誌を通して外国から入ってきた考え方だった。平成に終止符が打たれ、社会の変化は坂を転げ落ちるように速度を増し、崩れた墓場の土の中から天保や天明の記憶が蘇ってくると、背の高い男性は喜ばれなくなっていった。食料が不足すれば、背の高い男性から順に弱って死んでいくからだった。

夜那谷は、クラスでどの子が一番背が高いのか考えてみたこともない。身長を測定する儀式は廃止された。子供は布や紐ではないのだから、まっすぐ縦に伸ばして長さを測るのは非人間的だと言う教員がいて、夜那谷もそれを聞いてなるほどと思った。子供たちはそれぞれ勝手にくねくねしていればいい。自由にじゃれ合いながら、自分に必要な種類の体力だけをつけていけばいい。

夜那谷の少年時代は、スポーツというシナリオがないと身体を動かすことができない子供が多かった。夜那谷自身も五歳で地区の少年野球団に入り、中学校ではサッカー部で活躍し、高校ではバスケットボール部に入った。一週間に八日も練習があった。その話をクラスの子供たちにしてやると、「一週間は七日しかないよ」と言って子供たちはげらげら笑うが、「一週間は八日あると思え」というのが当時のコーチの口癖で、日曜日は食事を二倍の速度でかきこみ、宿題を二倍の速度ですませ、午前と午後に練習があって、一日で二日分生きるように心がけていた。高校二年生の一学期の初め、桜が満開になった朝、急に起きられなくなり、靴下をはく気力さえなくなり、部活をやめた。

夜那谷はボールを追いながら友達といっしょに毎日身体を動かしていたのに、友達の身体に触ったり、自分の身体を触られたりして、胸をどきどきさせた思い出がなかった。まわりの子たちだけでなく、自分自身の姿もアニメの登場人物のように二次元世界の表面で動いているところが見えるだけで、決して触ることができないような気がしていた。官能的な思い出と言えば、野球のグローブに手を入れる度に、肌と革の触れあう感触にかすかに胸がときめき、こっそり鼻を近づけて甘い革の匂いを吸い込んだことくらいだった。ある時、机の上に無造作にのせられたミチルという渾名《あだな》の同級生の手の上に間違って自分の手を置いてしまったことがあった。さっとひっこめたが、生ぬるい肉の感触が驚きとして記憶に刻まれた。その時以来、ミチルのことが気になって、教室の日常光景が白黒に見えても、ミチルの身体だけがいつも彩色されていた。それだけでなく、ミチルの口にする名前、ミチルの書いた字、ミチルの休み時間の行動などが気になり始めた。どうやら人の身体に触るとそれだけで心の鍵を奪われてしまうらしい。

夜那谷は今の子供たちを観察していると、自分たちの世代よりずっと進化しているという気がしてならない。ライオンの子がじゃれあって巨大なサバンナで生きる身体をつくるように、人間の子供たちもお互いの身体に触れあって地球の勉強をしている。一時間目の授業にもし名前をつけるとしたら、「即興のじゃれあい」といったところだろう。担任教師の課題は子供たちをしっかり観察することだと夜那谷は思っていた。監視ではなく観察である。

無名はひとかたまりになってすわっていた男の子たち三人に同時に覆い被さるように襲いかかっていって、自分で開発した蛸武術の技の限りをつくした。そのうち息切れがしてきたので、自分で作った「準備中」と書かれた札を首にかけて教室の隅に引っ込んだ。一人で休んでいたい時に級友に邪魔されないようにするにはどうすればいいのか考えた末、思いついて作った札だった。その際、そば屋の入り口にかかっていた札を参考にさせてもらった。賀露《かろ》ちゃんが寄ってきて媚びるように首をかしげて、

「それ、どう読むの？」

と尋ねた。きのう教えてあげたのに今日また同じ事を訊いている。無名は少し不機嫌になって、

「きのう、教えただろ」

とそっけなく答えると、

「きのうのことなんか、もう忘れた」

と答える賀露ちゃんは恥じる様子もない。前の日に教えてもらった漢字を忘れるなんてありえない、賀露ちゃんは僕をからかっているんだ、と思って無名はむっとして、

「からかうな」

と少し声を大きくして言うと、突然サイレンのような泣き声が響き渡った。泣いているのが賀露ちゃんだと悟った瞬間、無名は見えない手の平で頬をひっぱたかれ、人それぞれ脳の働き方が違うのだということを稲妻のように理解した。

「ごめん、ごめん。これは、じゅんびちゅうって読むんだ。まだ用意ができてないからお店には入らないでくれって意味だよ」

と、前の日と全く同じ答えを繰り返した。この説明で昨日はすぐに納得したくせに今日の賀露ちゃんは、

「準備中なんて変。おそば屋さんじゃないのに」

などと突っ込んでくる。そうか、同じ質問を繰り返して、同じ答えをもらっても毎回違う反応をして、少しずつねじこんでいく戦法なんだ。女の子は随分やり方が違うな。でも女の子はみんな賀露ちゃんと同じじってわけでもない。「女の子はこうで、男の子はこうだなんて話は信じちゃいけないよ」って曾おじいちゃんがいつも言ってる。女の子にもいろいろいる。無名は、隣の家の女の子のことを思い出した。目と目の間が離れていて、とても不思議な顔だった。早く家に帰って、もう一度あの顔を見たい。その時、安川丸が大声で叫んだ。

「先生、厠、行きたい。」

「僕も。」

「僕も。」

無名は自分の膀胱《ぼうこう》に意識を向けてみたが、厠へ行く必要性は感じなかった。それでも教室を出て行く子たちの髪の毛がさらっと一斉に靡くのを見ると、自分もそちらに

引っ張られていった。

そう言えば、曾おじいちゃんがいつか笑いながら教えてくれたっけ。「テンション」は外来語だから「テンション高い」なんて言っている子がいても真似しない方がいいけれど、「つれしょん」という言葉があって、これはどんな国粋主義者も認める紛れもない立派な日本語だから、どんどん使えって。友達といっしょに尿をハッスルと勢いがいいし、それはうちとけた話をする絶好の機会でもあるって言ってた。

曾おじいちゃんは、死んだ言葉、使われない言葉も全部頭の中に入っている。食器や玩具ならば使わないものはすぐに処理しようって言い出す曾おじいちゃんも、使わない言葉をたくさん脳の引き出しにしまっていて、捨てようとしない。

女と男の行く学校が別々だった時代があったという話を前に聞いたことがある。そのあとに、学校は男女共学になったけれども、厠は「トイレ」と呼ばれるようになって、トイレと体育の授業だけは男女別々という中途半端な時代が来た。それから体育の授業も男女いっしょになったけれど、「トイレ」だけは男女別々という時代が来たそうだ。そんな時代が終わったのは、男女の性の区別が曖昧なものになってきてからだった。

無名は「トイレ」の「イレ」に、「入れ」を聞き取り、出す場所なのに入れるという言葉の矛盾を感じた。でも「トイレ」という単語は英語から来ていたらしいから、「イレ」は「入れ」とは関係ないのかもしれない。

無名の学校の厠は男女共同で、赤、黄、青、緑など鮮やかな色の飛び交う楽しい空間だった。蓮の花の上にすわってじっくりうんこすることもできれば、壁画の花壇に咲いた菊の花におしっこをかけることもできる。昔のトイレは遊び場ではなく、一刻も早く用事をすませて立ち去るべき場所だったそうだ。トイレの中に長く留まっている人間は、何か悪いことをこっそりしているのではないかと疑われた。細菌との接触を少しでも減らそうという気持ちもあったのだろうが、いつからか誰も大腸菌などそれほど恐れなくなってきていた。身体は大腸菌と戦う術《すべ》を知っている。もっとずっと恐ろしいものが今の生活環境にはあるだろう、というのが夜那谷先生の口癖だった。

無名は隣に立ってズボンと格闘している安凪《やなぎ》君に、

「マレー半島だよ」

と言ってみた。

「何が」

と安凪君は面倒くさそうに答えながら衣服との格闘を続けた。

「君が今出そうとしているもの」

と言って無名はくすくす笑った。無名の額の裏側には世界地図が貼り付いていて、目の前に見えるものが遠い国の半島や山脈に見えることがある。安凪君はマレー半島と言われてもぴんと来ないようだった。

義郎が縫ってくれた特製のズボンは前にチャックもボタンも付いていない。左右の布がうまく重なり合っているので前が隠れている。義郎が裁縫を習い始めたのは八十代になってからだが、かなり熱を入れて取り組んだのですぐに上達し、無名が恥ずかしくなるくらい襟や袖に工夫を凝らした服をつくることがある。誰も気づかないといいなと思っていると、龍五郎君が目ざとく見つけて、「すごいね、見せて」などと大声を出したので、まわりにいた子たちの注目を浴びてしまった。龍五郎君は衣服をつくる芸術家になりたいと言っている。昔の人はそういう仕事をする人をデザイナーと呼んで、あこがれていたらしい。龍五郎君はお金持ちになりたいわけではなく、有名人になりたいわけでもなく、ただ夢の中にあらわれるかなり風変わりな服を実際に縫い上げて人に着せたいと考えているようだった。「着ただけで蟬になれる背広とか、着てみたくないか」と無名も訊かれたことがある。「袖を振るだけで、蟬の鳴き声がでるんだぜ。」無名はなんだか恐いので断った。「ポケットが百個ついたズボン、はいてみたくないか」と誘われたこともある。そんなにたくさんポケット作って一体何を入れるんだと訊くと、鉛筆、消しゴム、飴、ビー玉、切符、薬など、あいうえお順にそれぞれ個別のポケットに入れるんだそうだ。

その時、今月の厠掃除当番に当っている三人の紳士たちが厠に入ってきた。雨蛙色の液体の入った試験管を覗き込みながら楽しそうに相談事をしている。一人は大学の化学の先生、一人は大手の製薬会社に勤めていたそうで、残りの一人は自分の過去を語らない人。無名たちの体力では厠掃除は無理なので、若い老人エリートたちがボランティアで小学校の厠の清掃に当たっている。掃除だけでは物足りないのか、新しい清掃用具や消毒液を自費で開発して、次々寄付してくれる。無名はこの人たちを見るといつも排泄物を見られた時みたいに恥ずかしくなって、逃げるようにその場を去った。

いつだったか安凪君が厠から出る時、このエリート三人組とばったり顔を合わせてしまったことがあった。安凪君はこちこちになって、

「ご苦労様です」

と挨拶しながら深く頭をさげた。それを少し離れたところから見ていた無名は、安凪君、どこでそんな言葉を覚えたんだろう、すごいな、と感心し、授業で挨拶の仕方について話し合っている時に手をあげて、そのことを報告した。夜那谷先生は決まり悪げに、

「ご苦労様というのは、雇い主が雇い人にかける言葉だったんだよ。君はあの人たちを雇っているわけではないだろう」

と言った。それを聞いて安凪君は耳の付け根まで真っ赤になって、

「それじゃ、どう言えばいいんですか」

と訊いた。

「すみません、って言うんだよ」

と窯《かま》ちゃんが意気込んで発言した。先生は窯ちゃんの肩にそっと手を置いて、

「すみません、は謝る時に使う言葉だ。昔は感謝の気持ちをあらわすのにこの言葉を使うことも多かったが、君たちは、悪いことをしていないのに謝ってはいけないよ。」

「でも迷惑かけてるよね。」

「迷惑は死語だ。よく覚えておいてほしい。昔、文明が充分に発達していなかった時代には、役にたつ人間と役にたたない人間という区別があった。君たちはそういう考え方を引き継いではいけないよ。」

「アリガトウって言葉なかった？」

「なんかちょっと甘そうで、かりかりしていいね、アリガトウって。」

「その言葉も、もう死んでる。」

その時誰かが、

「かんしゃあああああ。」

と喉をからして大声で叫んだ。子供たちの足の裏から笑いがブツブツ湧き起こっ

て、教室中が沸騰したお湯のように騒がしくなった。夜那谷先生はおおげさに咳払いしてからこう言った。

「感謝をあらわすのに、最近の流行語で、かんしゃーと叫んでいる人がいるみたいだけれど、たとえば若い老人、普通の老人、そして何より、年とった老人の耳には、この言い方はちょっと変に聞こえるんじゃないかな。みんな、そのことに気がついているかい」

それを聞いて子供たちは一斉に、

「気がついてないいいいいいい」

と叫んだ。どの音をどのくらい引き延ばすのか、事前に申し合わせた訳ではないのに、ぴったり息が合っている。これは一体どういうことなんだろう、自分だったらそこでは絶対に音を引き延ばさない、どうしても引き延ばせと言われたら多分、「気がついてなあああい」と言うだろうな、と夜那谷は思った。世代共通のリズム感みたいなものがあるんだろうか。その時、龍五郎君が共同体の笑いから身を引いて、

「ママがこの間うちに来た時に言ってたよ。かんしゃーは変だって！」

と眉をひそめて言った。

「ママなんて言葉、使ってんの、お前。古い」

と安凪君がからかう。いつの間にか使われなくなっていた外来語の「ママ」という

言葉を龍五郎君の母親は哺乳瓶の中の粉ミルクに混ぜて乳飲み子に与え続けた。同居していなくても龍五郎君の耳の奥でママがいつもやさしい声でささやいている。そのママを笑われた龍五郎君はかっとなって安凪君に飛びかかっていった。

「喧嘩だ、喧嘩だ、見学しよう」

と無名が棒読み調で言うと、二人はぴたっと動きを止め、しらけた顔を無名の方に向けた。その時、先生がすかさず言葉をはさんだので、二人は喧嘩するつもりだったことさえ忘れてしまった。

「ありがとうっていうのは、ちょっといい言葉かもしれない。当たり前になってしまったことを、有り難いこと、つまり滅多にないこととして、感謝と驚きをもって味わう。ありがとう」

と声に出した途端、夜那谷は自信がなくなった。あらゆる風習がでんぐり返しを繰り返すようになって、大人が「こうすれば正しい」と確信をもって教えてやれることがずんずん減っていった。自信に満ちた人は子供に信用されない。むしろ自信がないことを隠さない方が耳を傾けてもらえる。自信のないまま手探りで進み、手に触れたもの一つ一つについて、あれこれ考える、その迷いを一つ一つ言葉にして、子供に与え続ける。でも自信のなさに耐えられなくなって声が弱々しくなると、教室の中がすぐに蜂の巣をつついたようにやかましくなってくる。このまま放っておくと収拾がつかなくなる。そうだ、あの手で行こう。

夜那谷は教室の奥の物置に近づいていって、引き戸をがらがらと開けた。無名の心臓は期待の手にむずとつかまれ、鼓動が速まっていった。長さ二メートルの棒に巻かれた大きな世界地図が先生の手で持ち出され、黒板の前でくるくると広げられる。無名は両手を垂直に挙げて、「極楽！」と叫んで垂直に飛び上がった。他の子供たちもおしゃべりをやめ、黒板の前に集まってきて半円を描いてすわった。この世界地図が大好きなのは無名だけではなかった。地図が風を受けて大型ヨットの帆になってふくらむと、潮のにおいが鼻をつき、波音が聞こえ、それに合わせて身体がゆっくりと揺れ始める。髪の毛が海風に吹かれておどり、ウミネコの叫びが青空を裂いた。

「君たちは今このへんにいる」

と言って、夜那谷船長はタツノオトシゴ列島の真ん中あたりに爪の伸びた人差し指を当てた。地図には茶色いシミがたくさん浮かんでいる。どれが島でどれがシミだろうと目を凝らしながら、無名は膝を片方ずつ前にずらして地図にじわじわ近づいていった。

「日本列島は大昔は、大陸にくっついた半島だったのがある時、突き放されて列島になった。つい最近まではそれでももっと大陸に近かったのが、前回の大地震で海底に深い割れ目ができて、ぐっと大陸から引き離されてしまった。この地図はその前に作られたものだ。それ以来、大がかりな調査と観測が行われているが、その作業がなかなか終わらない。政府は、新しい地図がつくられないのは、経費が足りないからだと言って、地図製作税という新しい税を取ろうとしている。大陸から離れてしまったために、日本には気候的、文化的にいろいろな変化があらわれてきた。」

夜那谷はいつからか、大人に対する話し方と子供に対する話し方を区別しなくなってきていた。知らない単語は知っている単語の中にあらわれることで、辞書を引かなくても、意味が理解できる。知っている単語の中に一割くらい知らない単語の混ざったものを読み続けることで語彙は増えていく。自分に教えられるのは言葉の農業だけだ。子供たちが言葉を耕し、言葉を拾い、言葉を刈り取り、言葉を食べて、肥《ふと》ってくれることを願っている。

世界地図を広げて海の向こうの国の話をしてやると、子供たちは露に濡れた葡萄のような瞳を向けて、飽きることなく耳を傾けている。その中から一番「献灯使《けんとうし》」にふさわしい子を選び出さなければならない。毎日たくさんの小学生を観察できる環境にいる夜那谷は、それが自分の使命と思っていた。無名に白羽の矢を立ててはいるが、これからどんな風に成長していくのか数年見守ってからでなければ最終的な判断は下せない。

無名は激しくまばたきした。頭の芯がずきずき痛む。心臓の鼓動が胸から耳の奥に

移ってきた。鼻の奥でかすかに血のにおいがする。でも今身体の不調を訴えれば、先
生は地理の話をやめてしまうだろうと思い、何度も唾をのみ、拳骨を握って我慢して
いた。
無名には世界地図が自分の内臓をうつし出すレントゲン写真のように見えてきた。
アメリカ大陸が右半身、ユーラシア大陸が左半身だ。腹にオーストラリアが感じられ
る。今、先生なんて言った？　日本列島はもともとは大陸にくっついていた？　そん
なことって、あるんだろうか。大昔は半島だった？　もしそうなら昔は歩いて大陸に
渡って、地球がまるく感じられるくらい大きな地面を横断して、気が遠くなるくらい
遠くへ行くことができたんだろうか。
「どうして大陸から突き放されたんですか？」
と誰かが訊いた。誰だろうと思って無名は振り返ろうとしたが、首が硬くなってい
て、まわらなかった。
「日本はわるいことをして大陸から嫌われたんだって、曾おばあちゃんが言ってた」
と、龍五郎君が得意になって言うと、それを聞いて夜那谷は苦しげな笑いを浮かべ
て頷いた。
「ほら、見てごらん。世界の真ん中には大きな海がある。これが太平洋だ。この海を
はさんで、左にユーラシア大陸とアフリカ大陸、右にアメリカ大陸がある。太平洋の

海の底に沈んだ板が時々大きくずれる。するとその板の縁で大きな地震が起こって、津波が来ることもある。それは人間の力ではどうにもならないことだ。地球というのはそういうものなんだ。でも、日本がこうなってしまったのは、地震や津波のせいじゃない。自然災害だけなら、もうとっくに乗り越えているはずだからね。自然災害ではないんだ。いいか。」

夜那谷がそう言った途端、教室の火災警報がけたたましく鳴り始めた。夜那谷は赤い機械に近づいていって、スイッチを切った。

「地球はまるいんだよ」

と無名は気がつくと柔らかいがよく響く声で発言していた。自分が何を言おうとしているのかわからないのに声が勝手に飛び出した。まわりの子たちが不思議そうに無名を見た。無名は鳥が翼を動かすように両腕を動かし始めた。苦しまぎれにやったことだが、ふざけて鶴の真似をしているようにも見えた。先生は目を細めて笑って、

「そうだ。地球はまるい。まるいものを平面に描いたのがこの世界地図だ。そのことを言うのを忘れていた」

と言って、頭をかく真似をした。安川丸がだまされて怒ったような顔をして、

「え、まるいの？　じゃあ、これ嘘？」

と言った。龍五郎君も呆れたような声を出した。

「なあんだ、まるいのか。」

夜那谷は答えに窮した。だますつもりはなかった。地球がまるいということよりもっと大切なことを言うつもりだったんだ。でも、もしかしたら地球がまるいことも大切なのかもしれない。

「あとでみんなで紙を切って、鞠みたいな地球儀をつくってみよう。」

無名は頭の両側から錐をねじ込まれるような痛みに耐えるために必死で腕を動かし続けた。それがまわりの目には見えないようなのが不思議だった。孤立感に伴って視界がかすんできたので、焦点をあわせようと眉間に皺を寄せて世界地図を睨んだ。これはどう見ても僕自身の肖像画だ。アンデス山脈が外側に向かって弧を描き、また内側に向かう曲線が、僕の右の腰から足首にかけての骨の曲線にぴったりだ。上半身の骨は頂点に向かって内側に彎曲し、左から上昇してくる山脈とベーリング海で出逢う。骨は全部曲がっている。曲げるつもりはないのだけれど、すでに曲がっていて、もしこれが痛みというものであるとしたら、それは初めから理由もなくあったものだ。北極の氷が溶けた水、冷たい海、脳味噌。地形が複雑に入り組んでいる。肺全体がゴビ砂漠で、その隣にある手のひらがヨーロッパだ。アフリカ大陸は上半身が豊かでお尻は小さい。踊り子みたいに片脚で立っている。アフリカとヨーロッパを繋ぐ首はひねられて、甲状腺が腫れ、扁桃腺が腫れ、どうにかしてくれと叫んでいる。お腹のオーストラリアは袋だ。食べ物がたくさん入っている袋だ。でも僕にはそれを食べることができない。

「見てごらん、日本で作られる世界地図は、昔から太平洋が真ん中で、向かって右がアメリカ大陸、左がユーラシア大陸とアフリカ大陸になっている。でも同じ地球を違った風《ふう》に切り開いたら、違った世界地図ができる」

と言って先生が子供たちの顔を見まわした。無名ははっとして、世界地図と身体がどこまでも重なっていく苦しさから一瞬解放された。これとは違った世界地図もあるってことだ。先生は話を続けた。

「海の溝が太平洋を囲んで輪をつくっている。南米に沿って北上し、カリフォルニアに沿って更に北上し、左折してアラスカを渡って、カムチャツカからがマリアナに繋がって、輪を描いている。日本列島はその輪の上に乗っている。この輪が、今では日本の東側でへこんでしまっている。」

「太平洋の水はコップ何杯分くらいあるんですか」

と安凪君が唐突な質問をした。笑い声が起こったが、夜那谷は目と眉毛を真っ直ぐにして答えた。

「地震で揺れてこぼれて、前より量が少なくなってしまったかもしれないよ。」

「嘘だ、嘘だ、先生の嘘つき」

と甲高い声で叫ぶのは窯ちゃん。その時、無名のつむじに地球の震えがブルブルと伝わってきて、太平洋の水が宇宙に飛び散った。腕も指先も痙攣していた。このまま振動し続けたら、骨も肉もとけて、滴になって四方に飛び散ってしまう、ああ、どうしよう、とめられない。目と口が円になった驚愕の表情に囲まれ、誰が誰なのかもう分からない、声が出ない。先生の顔が波紋の広がるようにどんどん大きくなっていくのが見えたが、その先は闇だった。

道路は透明なガラス板でできていた。その下にはどこまでも空洞が広がっている。底は見えない。このガラス板はかなりの衝撃に耐えられるという話だが、もしも万が一、ガラスが割れてしまったらどこまで落ちていくのだろう。土壌に含まれる多量の有害物質がアスファルトに浸透し、道路の表面ににじみ出ていることが判明し、政府に訴えても責任のありかを追及してくれないので、地方自治体が穴掘り業者を頼んで、道路のアスファルトを切り取ってその下の地面を深くえぐり、取り除いた土は業者に金を払って引き取ってもらい、歩行者が地獄に落ちないようにその上にガラス板を被せた。業者は汚染された土をどう処理したのか、できれば誰も知りたくないと思った。良心的な新聞記者が粘り強く調べた結果、政府に買い上げてもらったことがわかった。それでは政府は高い値段で買い上げた土をどう処理したのか。私有の宇宙船で太陽系の外まで持って行って捨ててきたのだ、と苦し紛れに答えて環境汚染庁の役人は国民の嘲笑を買った。星たちの冷たい笑いがちりばめられた夜が長いこと続いた。月は呆れて蒸発してしまったのではないかと心配した人たちもいる。さいわい月だけはしばらくすると疲れた顔をして戻ってきた。

月の戻ってきた夜、熟睡する少年たちの胸は豊かに膨らみ、膝を立てて大きく開いた両脚の間からイチジクの熟れるような香りがたちのぼった。無名も甘い香りに目を醒まし、シーツが湿っているので起きてベッドから出てみると、赤い果汁の大きなしみができていた。外から誰かに覗き込まれているような気がしてカーテンをあけると、大きな黄色い満月が低い位置に居座って、無名を睨んでいた。今夜の月はどうしてあんなに大きいんだろう。近眼の度がすすんでぼやけて見えるせいだろうか。眼鏡を買ってもらおうか。いや、眼鏡はもう持っているんだった。机の上に眼鏡が置いてあるのが見えた。無名は自分が十五歳になっていることを知っていた。ある日、小学生だった自分が世界地図を見ていて気を失ったこともはっきり覚えている。どうやらその時に時間を飛び越して、未来に吹っ飛んでしまったらしい。そのわりには今の自分がしっくりくる。今の自分というものが、大き過ぎる上着のようにだぶつくこともなく、ぴったり肌に馴染んでいた。月を見ているうちに瞼が重くなったので一度とじて再びあけるとすでに夜があけていた。寝間着を脱いで、碧《あお》い絹のコスチュームを身につけ、眼鏡をかけ、細い赤紫色のネクタイを結んだ。車椅子に乗って戸外に出る。道路を覆うガラスは朝日をシャボン玉のように七色にほどく。無名はガラスの道路の上をアイススケートの選手のように滑らかにすべりだした。制御球が指先の伝える無名の意思を正確に読み取って、車椅子は右に曲がりたいと思えば右に曲がり、止まろうと思えばすぐに止まる。無名は小学生の頃は少しなら自分の脚で歩くこともできたが、成長するにつれて脚を動かすのが難しくなり、長く立っていることさえできなくなってしまった。十五歳の自分は歩けないんだな、と改めて認識したが、それほど驚かなかった。右斜め前へ進みたいという気持ちが下腹から指先に伝わると、ほとんど同時に肘掛けの先にある制御球を握った指先のかすかな圧力が伝わって、車椅子はもう右斜め前に進み始めている。

無名は、「あ」と声を出してみた。声帯ではなく、腕時計から声が出た。若くて柔らかいが、頼りがいがあり、暖かく、華やかで、精力に満ちた声だった。呼吸器には我ながら頼りなさを感じる。近々、体外で機械に呼吸してもらうことになるのだろうが、そうなるとその機械が常に身近にないと生きていけない。車椅子がひっくりかえった場合、機械はどうなるのだろう。二十四時間付添人が必要になるとしたら、それはかなりうっとうしそうだ。無名は一人で外出して、わざと坂を転がり降りて車椅子ごとひっくりかえるのが好きだった。転んで身体を車椅子の外に投げ出して、仰向けに寝っ転がって空を眺める。あと何年くらいそんな無謀な遠足を味わうことができるのだろう。

車椅子が倒れて外に投げ出されるのは少しも恐くなかった。ガラスの地表はそのくらいの衝撃では割れないし、身体をまるめるのは得意なので、まだ骨を折ったことはない。車椅子が倒れると、内蔵された警報器が自動的に救女隊に連絡を送り、若いおばあちゃんたちがすぐに助けに来てくれる。助けが来るまでの時間、地球の表面に投げ出されていることの喜びをかみしめる。引力が未練がましく引っ張るので、宇宙に落ちていくことができない。空を見ながら呼吸している。不安はない。無名の世代には、悲観しないという能力が備わっていた。相変わらず可哀想なのは老人たちだった。百十五歳になった義郎の身体はまだまだ丈夫で、朝は犬を借りて駆け落ちし、無名のためにオレンジを搾り、野菜を切り刻み、リュックサックを背負って直売市場をまわり歩き、箪笥の上や窓の桟に埃がゆっくり腰を落ち着ける余裕も与えず固く絞った雑巾でぬぐいとり、娘に絵はがきを書き、下着は盥《たらい》に漬けておいて両手でもみ洗いし、夜は裁縫箱を出して曾孫のお洒落服を縫う。なぜ休みなく働くのかと言えば、何もしないでいると涙がとまらないからだった。

無名は、懐から大型客船の絵の印刷された細長い切符を出して眺めた。時間を跳び越えてしまったので、どうして自分がその切符を持っているのか見当がつかないような、つくような、中途半端な気持ちだった。目を閉じて呼吸を整え、記憶をたぐり寄せてみた。そのうち、うっすらと未来の記憶が戻ってきた。「献灯使」として選ばれた自分は、これからインドのマドラスをめざして密航するのだ。そこには国際医学研究所があり、無名の到着を待ちかまえている。無名の健康状態に関するデータは、医学研究を通して世界中の人々の役に立つだろうし、ひょっとしたら無名自身の命を引き延ばすこともできるかもしれない。

献灯使になってほしいと頼んできたのは、小学校の時に担任だった夜那谷先生だった。ずっと連絡がなかった先生が、十五歳になった無名をある日突然、家に訪ねて来た。これには無名だけでなく義郎も驚いたが、しばらく三人でとりとめもない話をした後、先生が無名だけを食事に連れ出した。高級くるみ料理の専門店の窓のない個室に案内され、差し向かいで三時間、話をした。先生はまず自分自身の生い立ちについて語った。

夜那谷先生の父親は、ヨナタンという名字だったそうで、結婚後すぐに行方が分からなくなってしまった。先生の母親はこの名字をずっと自分の名字として大切にしていきたいと思ったが、肉親に非日本人がいると、それだけ警戒されるような時代に、ヨナタンという名字は不利だった。実際、見張られているような気配を感じ、空き巣が何度か入って、何も盗まれなかったのに家宅捜索があった。そこで「夜那谷」という漢字の名字に改め、父親の話はしないことにして、母親の二本の太い腕が息子を守り育てた。そう言われてあらためてよく見ると、これまで気づかなかった夜那谷の顔の特色が急に浮かび上がって見えた。両目の間が高くなっていて、そこから鼻が始まっている。眉毛と目の間がへこんでいて、頬骨がめだたず、頬の線がそげていて、顎が長い。

無名はこの時初めて「献灯使」という言葉を耳にした。献灯使を海外に送るという話を公にすることはできないが、犯罪と呼ばれるほど禁じられた行為ではないので恐れる必要はない、と夜那谷は抑えた声で言う。たとえば海外に密航しようとした人が見つかって数日間、身元を拘束されたケースもあるが、最終的には罰せられていない。政府の公式見解によれば、鎖国政策とは、開国推進のイデオロギーを公に広める運動を抑圧するものであっても個人の旅行の自由を法的に束縛するものではない、ということだった。たとえそれが本当だったとしても、国の政策は一晩のうちに変わることもある。今週は誰も気にとめていなかった些細な行動を理由に、来週は終身刑を言い渡される人がいないとは言い切れない。そうなる前に夜那谷の入っている「献灯使の会」は、ふさわしい人材を探し出して海外に送り出したいと考えている。そうすれば日本の子供の健康状態をきちんと研究することができるし、海外でも似たような現象が始まっている場合には参考になる。もはや未来はまるい地球の曲線に沿って考えるしかないことは明白だった。立派そうに見えても鎖国政策は所詮、砂でできたお城。子供用のシャベルで少しずつ壊していくこともできるだろう。そのために、一人また一人と民間レベルで若い人を海外に送り出していこうと献灯使の会は考えていた。

献灯使の会には、会報のようなものはないし、全員が一度に大勢集まるような会合はなく、三人かせいぜい四人が個人の家に集まって話をするだけなので、会の存在が世間の目に触れることはなかった。会費もないし会員証もない。本部は四国にあるが、狭い四国の中で八十八ヵ所に散らばっているので、場所を確定しにくい。会員を見分ける方法はないのか、と無名が訊くと、特にない、と夜那谷は答えた。ただし、自分で自分が会員であることを自覚する小さな儀式はある。日の出前に起きて、一日の仕事を始める時に蠟燭に火をつけて、暗闇に分け入る。蠟燭の大きさは、直径が五センチで高さが十センチと決まっている。

夜那谷の説明によると、無名は指定の時間に横浜港の「国際旅客民なる」という看板のかかった波止場に行けばいい。そこに緑の線が船腹に入った国境警備船がとまっているので、制服を着た男が船から降りて来たら乗船券を見せてどこへ行けばいいのか訊く。その人に「とりあえずこの船に乗りなさい」と言われたら、ためらわず乗せてもらえば、船はそのまま沖に出て、無名は外国船に引き渡される。夜那谷先生はこれまでの教え子の中で、献灯使にこれほど適した人材はいないことを確信し、卒業後も人を介して、無名の成長を見守っていたそうだ。

十五歳になった無名は精神的に充分成熟したと夜那谷は判断し、これ以上待って呼吸を助ける機械などが必要になると面倒なので、声をかけることにしたと言う。もちろん断ってもいいし、もう少し待ってもいい、と言う夜那谷先生のこめかみには血管が青く浮き上がっていた。

「わかりました。すぐに行きます。」

一生声変わりすることのない無名の声は澄んでいて高かった。

翌日また同じ店で会う約束をして家に帰る途中、曾祖父のことを想い出すと迷いが出てきた。自分と曾祖父の関係は年月を経て更に密なものになっている感触がある。飛び越えてしまった年月の間に起こった事の記憶も断片的に次々戻ってくる。たとえば銀色同盟のこと。自分がいなくなったら銀色同盟はどうなってしまうのだろう。無名の髪の毛が色を失い、みるみるうちに銀色に光り始めたのは三年ほど前のことだろう。無名はうっとりして鏡の中の自分を見つめながら、

「僕たち、髪の毛の色がいっしょで双子みたいだね」

と言って義郎を笑わせようとしたのに、義郎は無名を胸に抱きしめ、曾孫の髪の毛をやさしく撫でながら涙を流した。無名はあわてて、

「曾おじいちゃん、僕たち二人で銀色同盟を結ぼう。この髪の毛の色が会員証のかわりだ。曾おじいちゃんだってもう五十年以上も銀色の髪の毛で元気に暮らしてきたんだから、僕だってこれから五十年以上、元気でいられるよ」と言い放った。すると義郎の涙は奇跡のようにとまって、目元に銀色の微笑みが浮かんだ。

隣の家の根本さんはある日突然、睡蓮を連れてどこかへ引っ越して行ってしまった。そう言えばそうなる前のある一定期間、義郎が根本さんと恋愛関係にあったことを無名は子供なりに察していた。根本さんは新しい住所を書き置きしていくこともなかったし、その後一度も連絡がなかった。義郎はしばらく顔色が暗かったが、「きっと身を隠さなければならない事情ができてしまったんだろう。寂しくなるが、無名がいるからいいさ」というようなことを口にしていたような気がする。くったり萎えていた義郎の背中も徐々にまっすぐに戻り、肌に艶が戻ってきた。実は無名も睡蓮ちゃんがいなくなったことで胸に穴があけられたような痛みを味わったのだが、そのうち、手のひらを焼き続けた失望を手のひらをひらくことで手放すことができた。自分たちを取り巻く「事情」という名の蜘蛛の巣の存在を理解できないままに受け入れてしまったのかもしれない。

無名がまだ小学校の二年生で、睡蓮ちゃんを意識し始めたその朝。義郎は無名を学校に送っていってから、自転車のハンドルを頑固な水牛の角のようにぐいぐい押しながら家に向かって歩いていた。太陽は怒ったように薄雲のヴェールを取っ払い、義郎の額にかっかと照りつけてきた。目に入るものがすべて邪魔くるしく感じられ、罪のない電信柱さえも風景に無用な縦線を引いて挑発しているように見えた。思い出せそうで思い出せない昔の大きな過ちが胸を内側からかきむしる。その過ちのせいで自分たちは牢屋に閉じ込められている。電信柱が格子になっているので、あちら側にある仙人の国に行けないことを毎朝思い知らされる。孫のことは娘に任せて、曾孫のことは孫に任せて、あの空の向こうに飛んで行ってしまえたらどんなにいいだろう。それは希望ではなく怒りだった。怒りで心の袋が破裂しないように、わざと大声を出して笑ってみるが、それでも気持ちが晴れない。

信号が赤から緑にかわる度に歩行者がいっせいに歩き出した長閑《のどか》な時代があった。どう見ても青色ではなく緑色の信号の光をみんな「あお」と呼んでいた。あおあおとした新鮮な野菜、あおあおと茂る草むら。そうだ、あおあおとした日曜日もあった。緑じゃない。青だ。碧だ。あおい海、あおい草原、あおい空。グリーンじゃない。え、クリーンな政治？クリーンじゃないだろう。クリーンなんて消毒液みたいに自分の都合に合わせて殺したい者を黴菌にたとえて実際殺してしまう化学薬品に過ぎないだろう。藪の中にこそこそ隠れて、法律ばかりいじっている民営化されたお役所はオヤクソだ。クシャクシャにまるめて捨ててやりたい。野原でピクニックしたいって、曾孫はいつも言っていたんだよ。そんなささやかな夢さえ叶えてやれないのは、誰のせいだ、何のせいだ、汚染されているんだよ、野の草は。どうするつもりなんだ。財産地位には、雑草一本分の価値もない。聞け、聞け、聞け、耳かきで、耳糞みたいな言い訳を掘り出して、耳すまして、よく聞けよ。その時、自転車の前輪に躍り込んだ小石がはねかえされて義郎の脛を打った。痛い！「くそくそくそ」と大声で悪態をつこうとして唾といっしょにのみこみ、無名が側にいないのだから汚い言葉を吐き出してもいいんだと気がついた時にはすでにしらけていた。自分は実は気が短くて汚い言葉にまみれた男なのだ、と思った。もし無名がいなければ、自分の投げる腐った果物のせいで生活まるごと臭くなっていただろう。

家に戻ると隣の家の輪郭だけが際だって見えた。南側にまわってみたが、カーテンは全部しまっていた。義郎は諦めて自分の家に戻り、原稿の続きを書くために折りたたみ椅子にすわった。その時、外でばたばたと激しく胸をかき乱すような羽音が聞こえた。電書鳩だ、と思って立ち上がって窓をあけると、黒い影が地表を横切った。あわてて裸足のまま外に飛び出した。プログラミングされた通りに太陽電池で飛ぶ鳩は、義郎の家のまわりを三回まわって、玄関の前に着地した。黒真珠のように光る鳩の目が恐ろしかった。鳩の細い脚に固定された金色の小さな筒の中から手紙を取り出し、ひろげて読むと、無名が授業中に気を失って今医者の診察を受けている、と書いてあった。

十五歳の無名は、前から一台の車椅子が近づいてくることに気がついた。乗っているのは自分と同じくらいの歳の女の子で、髪の毛は銀色に光っている。あの子も銀色同盟に入るように勧めてみようかな、と思って無名はとびきり優しい顔をつくって少女に微笑みかけてみた。少女は車椅子をとめ、まばたきしながら、問いかけるような目をした。無名はカタツムリのテンポで少女にゆっくり接近していった。近づくにつれて少女の顔の不思議さが濃くなっていく。目と目の間が普通の人よりも離れている。瞳は黒いのだろうけれど、太陽の角度が変わった瞬間、碧く光った。お腹のあたりを見られていることに気づいて、無名はあわてて自分の下半身に目をやった。特に気になるところはなかった。ただ、ゆったりした服に包まれた膝の上に目に見えない暖かいボールがのっているような感触があった。

無名は少女の脇を通り過ぎてすぐに方向転換し、ぴったり横に同じ向きに車椅子を並べた。向かい合って話したのでは距離が離れすぎているように思えたのだ。少女は、

「久しぶり」

とひとこと言った。え？　無名は顎を前に伸ばして首をひねり、同じく首をひねった少女と正面から顔を合わせた途端、その目と目の間の空間に吸い込まれていきそうになった。

「君、隣の家に住んでいた子？」

「覚えてた？」

「急にいなくなっちゃったから、どうしたのかと思ったよ。」

「それには事情があったの。」

ほんの短い間があいた。

「今、時間ある？　ちょっと海の方に行ってみようよ。」

睡蓮はうなずき、二人は並んでガラスの道路の上をすうっと走り始めた。無名の脳の片隅に、どうして海がそんなに近いのかな、本州は幅がそんなに細くなってしまったのかな、という疑問が浮かんで消えた。右手にあらわれた急な下り坂を選んで、無名はブレーキをかけずに車椅子を加速させ、坂を急降下していった。車椅子は砂浜にのめりこんだ途端に横倒しになり、無名は熱い砂の上に投げ出された。息を激しく吐いたり吸ったりしながら、

「君もやってみなよ」

とまだ坂の上にいる少女に向かって大声で叫んだ。睡蓮の車椅子が坂を転がり降りてきた。速度がどんどん増して、砂に車輪が触れた瞬間、睡蓮は重心を傾け、うまく無名の隣に倒れた。呼吸が整うまでの間に波が何度か砕けた。

「もし、あたしが海の向こうへ行くことになったら、いっしょに来る？」

と睡蓮が訊いた。無名は驚いて、答えそびれた。睡蓮は眉をひそめて、

「好奇心の旺盛な人かと思ったんだけど、違うのかな。不安の方が大きいんだ。まあ、いいわ。一人で行くから。」

無名はあわてて答えた。

「もちろん、いっしょに行くよ。でも」

無名の中に初めて芽生えた駆け引きの心が、自分も実は一人で海外へ行くつもりだったのだ、というセリフを砂に葬ってしまった。そのことを話さなければ、睡蓮のためだけに自分の生活を捨てる覚悟をしたのだと思ってもらえる。

熱い砂は海藻のにおいがして、肌にべったり吸いつく湿った空気が汗に混ざって唇に触れると塩の味がした。波音がすぐ近くで聞こえるのに、頭をあげて見ると、海は思ったより遠い。熱い砂に下から暖められていく下半身に意識が辿り着いた瞬間、無名の心臓の鼓動は停止した。股の間が変化している。女性になっている。貝殻が砕けてできた砂が睡蓮の額にはりついて光っていた。睡蓮はまだ女性なのだろうか。それ

とも男性になっているのだろうか。美しい女性の顔をしているが、そういう男性は今時はいくらでもいる。睡蓮が眉と唇をかすかにしなわせて、誘うような表情をした。無名は、聞こえない言葉を発しながら動いている睡蓮の唇をもっとよく見ようと上半身を起こそうとしたが、身体が砂に引き留められて動かない。左右の肩を交互に揺すって身体を起こそうとしてみた。睡蓮の上半身が垂直に起きたのが見えた。その顔が無名の空を覆った。目と目の間が離れている。右の目、左の目。にじんでどんどん大きくなっていく。二つ並んで見えるのは実は目ではなく、肺だった。肺ではなく、巨大なソラマメだった。豆ではなく、人間の顔だった。左が夜那谷先生の顔、右が義郎の顔。どちらも心配そうにゆがんでいる。「僕は平気だよ、とてもいい夢を見たんだ」と言おうとしたが、舌が動かなかった。せめて微笑んで二人を安心させてあげたい。そう思っているうちに後頭部から手袋をはめて伸びてきた闇に脳味噌をごっそりつかまれ、無名は真っ暗な海峡の深みに落ちていった。

韋駄天どこまでも

生け花をしていて、花が妙なモノに化けることもあるが、たとえばそれは草の冠が見えなくなってしまった時である。「化け花」はこわい。

趣味をもたなければどんな魅惑の味も未だ口に入らぬうちに人生を走り抜くための走力を抜き取られて老衰する、と言われて、東田一子は夫の死後、生け花を始めた。「イケバナ」という言葉のどこかそら恐ろしい響きのとおり、華道教室で植物の生首をちょんぎってから切り口を水に浸すと、花びらが低い男の声で「あ」と痛みを漏らし、薄い血が水面に大理石模様を描くことなどが一子も初めは苦痛だったが、優れた導き手である馬場先生のおかげで次第に華の道の明るさが分かるようになり、一寸先は闇と思われた東田一子の指先に小さな炎がゆらめき始めた。

生け花を始める前は短歌教室に通っていたが長くは続かなかった。毎回歌を一首出すようにと先生に言われるのがまるで「首をさし出せ」と言われたように恐ろしく、そのくらいなら花の首を切っていた方が楽だろうと思って趣味を乗り換えたのだった。

東田一子の死んだ夫という人は口数が少なく、ねばり強く、品格のある男だった。山が好きで病気知らずだったのに、いつの間にか胃癌にかかっていた。放射線治療を始める前に自分の生まれ育った家を久しぶりで見たいと言う夫といっしょに一子は新しい旅行鞄を買って普通列車を乗り継いで北へ向かった。夫の両親はとっくに引っ越してしまって、もうその家には住んでいなかったし、村の人たちも次々姿を消し、誰も住んでいないはずなのに、誰か通いで稲の世話をしている人がいるらしく、ちゃんと田んぼがあおい。誰も食べないお米なのに田園風景だけはある。夫婦はそこからなるべく近いところにあるホテルを捜して部屋を予約するため電話してみたが、すでに満室だった。かつて自分の住んでいた家を眺めるために集まってくる帰郷観光客たちで一杯だということだった。仕方なく、少し離れたところに新しく建ったホテルに部屋をとった。

夕暮れ時、お墓参りから帰った二人はホテルのレストランのテラスにすわってフランス料理の「おまかせコース」を注文した。「おまかせ」という言葉に一子は少しひっかかったが、自分で個々に料理を選択するより、受け身で最上の物が口に入る方が幸せだという錯覚に身を任せた。

やがて日が暮れて、カマンベールのような月が雲間にあらわれ、あおざめた田んぼを照らし出した。食べられない米を育てる根気はこの先何年くらい続くのだろう。汚染された環境下でも、除草剤の使用が禁止されて以来、雑草の伸びるのは早く、牙の形をした鋭い芽が稲に追いつき食いつく。いくら人間が苗から世話をして育てても田んぼはやがて雑草の海に埋もれてしまうだろう。この地に稲作が始まったのは何千年くらい前だろうか。月は田んぼよりずっと前から存在するが、滅ぼされる危険のないだけの距離を人間からとっている。「田に月と書いて胃か」と言ってふっと夫が笑った。

性格の穏やかな夫と東田一子は短大を出た春に性急なお見合い結婚をして、就職もしないうちに夫の職場の茨城に、東京下町のペットショップで買った柴犬を連れて引っ越し、夫婦と犬一匹から成る三角家庭を築いたが、その犬は人間の七倍の速度で老衰して世を去り、子供は生まれず、夫がいなくなると、一子は一人この世に残された。夫が残していったのは、「東田」という名字と、生活に困らないだけの保険金と、ローンを払い終わった家と一山の孤独だった。

何でもうんうんと聞いてくれる夫がいれば、面倒な友達づきあいなどしなくても孤独の虫にも孤独の狐にも襲われることなく人生最後まで無事たどり着けるだろうなどと気楽に考えて、人付き合いを億劫《おっくう》がっていたが、まさかその夫が存在しなくなる日がこんなに早く来るとは思ってもみなかった。

生け花教室に通い始めてからも、一子はみんなの様子を少し離れたところから見守っているだけであまり口をきかなかった。内気なのではなく、人の言葉に傷つくのが恐く、人の考えを読むのが面倒なのだった。

芸術家を目指しながら生活の糧を得るために生け花教室の講師をしている馬場先生は、通ってくる奥様たちにあまりに向上心や探求心が欠けていることに内心うんざりしていた。みんなが雑談に花を咲かせ教室が騒がしくなってくると、「口ばかり開けていると日が暮れて、いくら大きく目を開いても何も見えない夜が来ますよ。闇の中で花が見えますか」などと厳しく叱ることもあった。口、日、目、見、と漢字に線を足していくことで馬場先生はお説教の映像的クレッシェンド効果を狙ったのに、教室内を見渡すと誰もこの見事な技に驚く様子もなく、馬の耳に念仏、平気な顔で無駄話を再開し、教室はいつの間にかまた騒がしくなっている。こうして検定試験も批評会もなく、趣味の生け花教室はだらだらと続いていった。

ところがそんな中に野心的な生徒が一人だけいて、みんなが馬鹿話をしていても一人で目をつりあげて、中世の騎士がドラゴンと戦うように、目の前の花と格闘している。髪を振り乱し、右に左に身をかわし、鋏を振り上げ、思い切ってぱちんと切った途端、自分の指まで挟んで悲鳴をあげたり、花の首を無理に弓状に押し曲げた手をうっかり離してびしっと頬を鞭打たれたり、棘《とげ》を指に刺したり、悪戦苦闘の末、完成した自分の作品を優越感に満ちた目で睨み付ける。この人の名字は「出口」だったが、みんなは陰で「口出しさん」と呼んでいた。自分の花と戦っているだけならまだいいが、隣の人の生けている薔薇にまで、「バランスが悪い」などと口を出して嫌われる。稽古事で切磋琢磨するのはいいが、この人の場合はそれが切磋琢魔になってしまっている。出口さんは、「色彩感覚には自信があるの」、「手先には自信があるの」、「事務処理なら自信があるの」、「家事なら自信があるの」というように自信という言葉をよく使うが、それは常に謙遜を心がけて仲間はずれにならないように気を使っている人たちの眼には異様に映った。

生け花教室に休まず通ってくる東田十子という美しい女性がいた。一子はこの人のことがなんだか気になっていた。唇が石榴《ざくろ》の実のように赤くプチプチして、密生した睫《まつげ》の下で時々光る瞳は秘密を隠し持っているように見える。背骨が柔軟で、肩越しに振り返った時の姿が魅力的だった。腰まわりは引き締まっているが、他の女たちのように自虐的に痩せているわけではない。黒いストッキングに包まれたふくらはぎの筋肉は発達し、足首は細く引き締まっていた。陸上部にでも入っていたのかもしれない。口数は少ないが東田一子と同じでまわりの人たちをよく観察しているようで、人から人へ飛び移る好奇心に満ちた二人の視線が空中で出逢うこともあった。

時々、姉だという人がいっしょについてくることがあって、この人は東田十子を

「てんちゃん」と呼んでいた。十歳ほど年上の姉はてんちゃんをお人形のように可愛がっていた。東田一子がその姉に、「どうして、てんちゃんなんですか」と聞いてみると、「だって数字の十は英語でテンでしょう。それに動物のテンと顔がどこか似ているでしょう」という答えが返ってきた。そう言われてみると、テンのように上品で少しおどけた可愛らしさがある。

ある時、一子が尿意を催して教室を出ると、前をてんちゃんが歩いていた。てんちゃんが廊下の角を曲がった。一子が続いて角を曲がると、てんちゃんの姿は消えていた。先は行き止まりで右奥にトイレがあったので当然、てんちゃんはトイレに入ったのだろうと思った。ところが女子トイレの個室の戸はすべて開いていて誰も入っていなかった。一子が教室に戻るとてんちゃんは教室で澄ました顔をして花の手脚を切っていた。

その夜、一子は変な夢を見た。裸のてんちゃんが四つん這いになってお尻を剝き出しにして左右に振っている。青い薔薇が数本、笑いながら風に揺れている。そのうち一本の薔薇が茎を曲げて、てんちゃんの股の間に無遠慮に花びらを突っ込んでにおいを嗅いだ。花のくせに人間の性のにおいを嗅ぐなんて。てんちゃんの肛門は紫色の薔薇でできていた。一子はすっかり感心してしまった。世の中こういうこともあるんだ。でも子供の社会科見学じゃあるまいし、勉強にはなるけれどいつまでも見学していてはいけない。それは分かっているのだけれど、一子は目を離せなかった。

一子は高校時代、化粧することも太股や腕を見せるような服を着ることもなかったが、実はまわりが思っているほど初心《うぶ》ではなく、性に貪欲な女たちの出て来る翻訳小説を読みあさり、性に関する知識を確実に蓄え、夜ごとに想像をめぐらし、結婚を楽しみにしていた。さっぱりした風貌の奥に性へのぎらぎらした好奇心を隠し持ち続け、新婚の夜には「待ってました」とばかりに新郎に覆い被さっていった。その後、夫と二人で夜の密度を深めていったのに、急に一人取り残されてしまって出所のなくなった熱をどちらへ向けたらいいのか分からないまま、捜すともなく何かを夢中で捜していた。

その日は仏滅だった。出口さんが、「今日は自信があるの」と真っ黄色の菊を睨んで宣言すると、東田一子はぎょっとして手の動きをとめた。きょうはじしんがあるの。一子はこの不吉なお告げを頭から追い出そうと、夢中で菊を生け始めた。窓から外を見ると空があざ笑うように青い。やがて花を生け終わり、先生になおしてもらって、生徒たちは次々教室を出て行ったが、一子はすぐには家へ帰りたくない気分だった。最後まで残ったてんちゃんといっしょに外に出て、「今日は散歩でもしたくなるようないいお天気ね」などと二、三言葉を交わした後、一子は勇気をふりしぼって、

「お茶でも飲んでから帰りませんか」と誘ってみた。てんちゃんが全くためらう様子もなく、「そうしましょう。この近くにビブラートというお店があるのをご存じですか」と答えたので、東田一子の方がかえって不安になってしまった。てんちゃんはどうしてすぐに誘いに乗ったのだろう。一番恐ろしかったのは保険に勧誘されることだった。次に恐ろしかったのは新興宗教に勧誘されることだった。

てんちゃんは慣れた足取りで、ビルとビルの間の細い道を入っていった。開店までまだ何時間もある明かりの消えた飲み屋がしらけた顔を並べていて、野良猫がのんびり自分の尻を嘗《な》めていた。その路地を抜けて右に曲がって眼鏡屋や薬屋の前を通り過ぎ、アパートと駐車場の間の道を抜けてもまだビブラートという喫茶店に到着しないので一子は不安になってきた。小学校の校庭に沿って歩き、ガソリンスタンドを横切って住宅街を抜け、大通りに出た。占い師の机が出ていたが、占い師は不在だった。「喫茶店の**店**のまだれが落ちて**占**いになってしまった」と思って東田一子が溜息をつくと、「ビブラート」という看板が目の前に現れた。

喫茶店の中は薄暗く、まるでボタンをかけたブラウスの中側に入り込んでしまったようだと一子が思っていると、それはボタンではなく、壁に一列に仮面が掛かっているのだった。オセアニアのお面だろうか。楕円形のもの、羽子板のような形のものなど、図形なのか波なのか分からない不思議な皺のある顔をしている。一つだけ妙に出口さんと似た顔のお面があった。じっと見ていると、壁の向こう側から砂浜に打ち寄せる太平洋の波音が聞こえてきた。

「すわりましょう」と言われて一子は我にかえった。不規則な木目や木の枝の歪みをいかした椅子やテーブルが並んでいた。ふたりは向かい合って腰掛け、目を伏せて神妙にメニューを読み始めた。黒いエプロンを細い身体にきりっと巻いた若い男が注文を聞きにきた。東田一子は驚いたように顔を上げて、「ブラック・コーヒー」と言い、てんちゃんが、「わたしも」と続いた。「ブレンド・コーヒーでよろしかったでしょうか」とウエイターが訂正確認した。

東田一子は自分から誘ったのだから、おしゃべりで相手を楽しませなければならないと思ったが、実は全く自信がなかった。一方てんちゃんはのんびりした声で、「壁にかかっている土俗的なお面、面白いでしょ。フランス印象派の複製画には辟易していたところだから目が嬉しいのよね」とか、「コーヒーを飲むと肝臓が干からびて腎臓が馬鹿になるって姉が言うんで、なかなか飲む機会がないんです」とか、「この店は無花果《イチジク》とか甘蕉《バナナ》のケーキが美味しいんですよ」とか、高校生のように心に浮かんだことをそのまま口にした。一子はうまく受け答えできずに唾をのむばかりで、ケーキも本当は食べたかったのに注文し損ねた。

コーヒーが運ばれてきた。てんちゃんは、よく展覧会などにも出掛けるようで、数日前に、白血病にかかったたくさんの子供たちがお皿に描いた絵を展示した「百枚の皿」展や、珈琲豆の原産地に暮らす民衆の生活を写した写真展を観に行った話をした。「珈琲」の左側から、二人の王様を取り除いたら、「加非」になるし、「豆」に「頁」を付けたら「頭」になる。そんな意味のないことを考えているうちに東田一子も自分の行った展示会のことを思いだし、「コーヒー豆を碾《ひ》く道具の展示会を前に観たことがあるんですけれど、木だけでなく石でできたものもありました。おいしそうですよね、石でコーヒー豆を碾きつぶす音と香り」などと言ってみた。するとそれに答えるように靴の下で床が臼のようにゆっくりと回り始め、壁に飾られたお面たちががたがたと音をたてて騒ぎ始めた。東田一子は「亡霊がお面に取り憑いた」と思って内心あわてたが、てんちゃんが変に落ち着いて見えたので自分だけ騒ぐのもおかしいと思って、「ただの地震でしょう」と声の震えを抑えて言った。コーヒーカップも亡霊に取り憑かれたようにテーブルの上で踊っている。こんなことならイチジクのケーキを注文して食べてしまえばよかった。イチジクってどんな漢字を書くんだっけ。初めの字は「舞」それとも「踊」？　もしも注文していたら、お皿の上で踊っていたかもしれないケーキ、舞っていたかもしれないイチジク。違う、違う、舞うことなんかない、迷うこともない。イチジクは「無」という漢字で始まるはず。足のついた牢屋みたいな「無」という字で。

壁の仮面たちは、ますます激しく壁を打ち、コーヒーカップたちがそれにあわせてかたかたタップダンスを踊った。床がまわって目がまわる。地獄のDJが町をレコード盤に見立てて指でまわしているのかもしれない。膝の上に置いたハンドバッグをぎゅっと握りしめて胸に押しつけているてんちゃんの身体が上下に動き始めた。東田一子は椅子の足を両手で摑んだが、椅子も悪霊に取り憑かれたように踊り出し、その上に乗った自分の身体を宙に放る。向かいにすわったてんちゃんも椅子ごとぴょんぴょん跳ねている。このままではいけない。どうやら出口さんの「きょうはじしんがある」という予報はみごとに当たってしまったようだ。

「ずいぶんしぶとい地震ね。まだ揺れてる」とてんちゃんが言った。ガラスのドアを通して、遠くに火の手が上がっているのが見える。地震だけならいいが、火事が加わったらどうなるのだろう。出口さんは、「かじならじしんがあるの」とも言っていた。ひょっとしたらそれは、「じしんならかじもあるの」の言い間違いではなかったのか。

ウエイターが四つん這いになって、細い身体を黒豹のようにうねらせて店を斜めに横切っていく。ドアの前まで来ると二本脚に戻ってドアを肩で押し開けて一目散に逃げていった。その時ガチャンと派手な音がした。カウンターの中からカップが一列になって飛び出してきて床に叩きつけられ、一斉に砕け散ったのだった。

東田一子が「出ましょうか」と落ち着いた声で言うと、てんちゃんは「そういたしましょう」ともっと落ち着いた声で答えた。店を出る時、二人はしっかり手をつないでいた。

外では一戸建ての小さな家々がコーヒーカップと同じように身体を左右に揺すって踊っていた。電信柱がゆっくりお辞儀して通行人に敬意を示し、続けて挨拶代わりにガラガラと屋根瓦が落ちてきた。二人は歩調がぴったり合っていて、まるで一匹の動物に属している四本の脚みたいだった。立ち止まると地面が足の裏でもだえる感触が気持ち悪いので、歩き続けているほうがずっとましだった。そのうち急に思いついたようにてんちゃんが「私のうち、この近くなんです」と言った。

地面はわがままで、踏みつけるとずれたり、へこんだりした。てんちゃんが前のめりに転びかけた時、一子は腕を引きちぎられそうになっても手を離さなかったので、てんちゃんは倒れなかった。

歩いているつもりがいつの間にか走っていた。軽やかに走っていた。自分はこんな風に走ることができたんだ、身体がとても軽い、と一子は思った。二人の呼吸はぴったり合っていた。そのまま真っ直ぐ走っていった。同じ方向に走っていく人たちの背中が遠くに見えた。

東田一子は一人ぼっちで走っている自分を思い浮かべるとぞっとした。「ああ、よかった、わたしには、てんちゃんがいる」と思って顔を見ると、てんちゃんが「あ」と大きな声を出した。二階建ての家がぐしゃっと傾いている。てんちゃんは東田一子の手を離し、失くさないようにと走り出す前に幼稚園児のように胸に斜めにかけたハンドバッグから携帯電話を出した。「姉さんから連絡が入ってる。みんな無事だって。誰も家にいなかったみたい。」一子はもっとくわしい状況を知ろうとしたが、その時、「この辺にいると危ない」と誰かが背後で太い声で言ったので、二人はしっかり手をつないで、とりあえず目的もなく、みんなの走っていく方向に走り始めた。不思議なことにみんな同じ方向をめざしていて、反対方向に走っていく人は見あたらなかった。息を切らして立ち止まった男がいたので一子が、「すみません。そちらの方向に逃げると何があるのですか」と訊くと、男は「さあ、わかりません」と答えてまた走り出した。一子とてんちゃんもしっかり手をつないだまま、うなずきあってまた走り出した。「規則正しく呼吸することが大切なのよ」とてんちゃんが陸上部の先輩のように確信を持って言った。一子は言われた通り呼吸に気をつけながら走った。ゆっくり走っているつもりだったが、二人はまわりの人たちをどんどん追い抜いていった。

先を走っていた数人が角を右に曲がったのが見えた。横道にバスが一台とまっていた。紺色の制服を着た男が白い手袋をはめた手をしきりと動かしながら、「さあさあ、みなさん早く乗ってください」と声を張り上げている。「この地区は危険ですのでバスで避難所に向かいます。乗車賃は必要ありません。みなさん乗ってください。」

東田一子とてんちゃんは顔を見合わせ、無言でうなずきあってバスに乗り込んだ。二人がけの座席がとても狭く感じられ、二人はぴったりと身体を押しつけ合ってバスが走り出すのを待った。東田一子は排気ガスのにおいが苦手だったが、このバスはラベンダーのにおいがした。しばらくするとバスは満席になって走り出した。

窓際にすわった一子が首だけ少しまわして怖々外を覗くと、壊れた町の光景がカルタをめくるように次々視界に飛び込んできた。蜘蛛の巣状にヒビが入ったガラス戸。歩道に投げ出されたスポーツバッグからはみ出した血の付いたタオル。肌のきれいな背中の写真が踏まれて破れていた。マッサージ・サロンの看板が倒れたのだろう。歩道にころがった鳥籠はからっぽで、倒れた自転車のタイヤが勝手に回り続けている。売り物のシャンプーや石鹸が道に散らばっていた。

窓の外が暗くなってきた。初めに席についた姿勢のまま固まっていた東田一子が急に溶けてぐにゃっと身体を沈ませると、てんちゃんも緊張を解きほぐし、こんにゃくにもたれる豆腐のように一子に身を寄せた。空には月が二つ並んで出ていた。「あれってどういうことなのかしら」と東田一子が二つの月を指さして問うと、てんちゃんが笑って、「にくづき。肉付きがいい朋友ってことじゃないかしら」と応じた。見つめ合う二人の顔と顔の間は初め十センチくらい離れていた。それが九センチになり、八センチになり、七センチになり、どんどん距離が縮まっていった。てんちゃんは全然エキセントリックなところのない女性だと思っていたら、全然の然に火がついて燃え出し、舌が炎になった。二人は舌の炎でフェンシングを始めた。そのうち舌はもつれあい、口の中に見え隠れし、二人は貪欲になってきて、夢中で相手の唇を食べてしまおうとした。お互いの口の中が宇宙で外の世界はその宇宙の大きすぎるミニチュアに過ぎないんだという気がしてきた。

バスは走り続け、話し声のしない暗い車内はそれでも人間の気配に満ちていた。カ行変格活用の鼾《いびき》をかいている人、汗をかいている人、携帯メールを書いている人。鼻と耳に多少の邪魔は入ったが、一子とてんちゃんは顔と顔をやさしくすりつけ合い、片腕を相手の胴に絡ませ、もう一方の手でお互いの身体を熱心に探り合った。二人ともこれまで他人の身体のそんな奥まで手をさしいれたことがなかった。たとえば「東」という字がそこにあれば、字の中まではいじらないのが漢字に対する礼儀というものである。ところが、てんちゃんは東田の「東」の字の口の中にまで手を突っ込んで、そこにある美味しそうな横棒をつかんで外へ引き出そうとする。「駄目よ、駄目よ」と一子はあえいだ。奪われたものを取りかえすために今度は一子が「てんちゃん」という可愛らしい渾名《あだな》の裏に隠れた卑怯な十子の脚の交わったところに手をさしいれて、「十」の縦棒をつかんで揺らしながら引き寄せた。すると、固くはまっていたはずの棒がはずれて、てんちゃんは「う」と言って身をそりかえした。二人は、奪い、奪い合い、字体を変え、画数を変えながら、漢字だけが与えてくれる変な快楽を味わい尽くした。そのうちどちらが東田一子で、どちらが東田十子なのか自分でも分からなくなってきた。

そしていつしか激しい行為に疲れ、眠ってしまった二人の顔を時折ガソリンスタンドの光が物珍しそうに照らし出した。夜は壊れた町に紺色の毛布をやさしくかけたが、梟《ふくろう》のような目を閉じずに夜明けを迎えた人たちもたくさんいた。

眩しい太陽の光に驚いて一子が眼を醒ますと、てんちゃんの微笑がすぐ鼻先にあった。バスはやわらかく停止し、外に降りるよう指示があった。二人ともブラウスのボタンが上から半分はずれ、ブラジャーはだらしなくお腹に垂れ、剝き出しになった乳房の下ではずれたベルトが蛇になっていた。素早く服を整え、手をつないで二人はバスを降りた。まわりの人たちは髪の毛がくしゃくしゃだった。櫛のない世界の住人たちはこんな外貌になるのかと一子は呆れてしまったが、もしかしたら自分の髪の毛も今そんな風なのかもしれなかった。もう鏡を重視するのはやめようと思うと、かえって身体が軽くなった。

バスから降りてきた男女は合わせて三十人ばかりいただろうか。パソコン売り場の似合いそうな店員、お揃いのトレッキングシューズをはいた白髪の夫婦、水玉模様の手提げを持った学生たち、ハイヒールを片方だけはいた厚化粧の女、眼帯をした背広姿の男、手袋をつけたままのタクシーの運転手、眼鏡の似合う女、ガソリンスタンドの作業服を着た青年など、様々な人間たちが二列になって校庭を横切って歩いて行くと、前方に巨大な体育館の扉が開いているのが見えた。中に入ると毛布が山積みになっていた。一子は急に寒さを感じて毛布に身をくるんだ。てんちゃんもすぐにそれを真似た。しばらくここに寝泊まりすることができるという説明があった。この学校は去年、生徒の数が急激に減って廃校になったらしい。

体育館の奥には段ボール箱が百個くらい積み上げてあった。ジーパン姿の男が二人、ナイフでその箱を次々あけていく。近づいてくる人たちに微笑みかけて、「どうぞ、中から好きなものを取ってください」と言った。もちろんそんなに早く支援物資が届くわけがない。前の地震の時に届いた物資だが、配給が間に合わなくてそのまま保管されていたのだそうだ。バーゲンセールのような光景が繰り広げられるのかと思って見ていると、取り合いになる気配は全くなく、むしろ遠い惑星から見たこともない工業製品を贈られたように、みんな困惑していた。セーター、クッション、帽子、スリッパ、置き時計、ラジオ、タオル、歯ブラシ、石鹸、ドライヤー、水筒、コップ、フォーク、スプーン、お皿、手提げ袋、ぬいぐるみ。自分たちがこれまでそういう物を必要だと思い込んで暮らしてきたことが一子には一瞬不思議に感じられた。脳が実用的に動き始めるまでしばらく時間がかかった。

体育館の床はよく磨かれていて、髪の毛一本落ちていなかった。一子とてんちゃんは毛布を並べて敷いてクッションを枕にし、枕元に目覚まし時計を置いて寝室をつくった。座布団を二枚敷いてラジオを置いて、摘んできたタンポポをコップにさして飾り、居間をつくった。大きなお盆の上に茶碗、箸、急須、湯飲みをのせて、そこで食事をしようと決めた。最後にそれらの部屋を囲むように箱を切り開いた段ボールを壁にして立てて洗濯ばさみで固定するとマイホームができた。一子とてんちゃんは所帯を持つことになった。「なんだかおままごとみたい」と一子が言った。「新婚夫婦みたい」とてんちゃんがはしゃいだ。

こうして体育館の中に、夫婦や独り者の所帯、学生たちの合宿部屋のようなものが次々できていった。体育館に備わっていたシャワーやトイレ設備は共同で使った。調理は昔ゴミ焼却に使っていた炉を使って交代に行うことになった。郷土博物館が巨大な鍋を提供してくれた。近くの農家の人たちが野菜を持って来てくれた。ビニール袋に入ったパンが大量に届いた。

数日後、洋服が何箱も届いた。一子はこれまで着たことのないような紫色の絹のドレスを着てみた。鏡がないので、別に自分らしくなくてもいいという解放感があった。てんちゃんは男物のオーバーオールを着て、野球帽を後ろ向きにかぶって笑った。「コスプレみたい」とてんちゃんが笑いながら言うので、「誰の役やっているの」と一子が訊くと、こともなげに「私の役」と答えた。

一子は幸せだった。朝から晩まで一人になることはない。いつもてんちゃんが近くにいる。野菜スープに食パンを浸して食べたり、雑草を摘んできて生けたり、水飲み場で洗濯した下着をクリスマスの飾り付けでもするように桜の枝に干したり、月を見ながらブランコにすわって差し入れのビールを飲んだり、何をしても楽しかった。もちろん吐き気のすることや涙のこぼれることもたくさんあったが、時間のふるいにかけられると、楽しかった思い出は数限りなく記憶に残り、悲しかった思い出は一つくらいしか残らない。その代わり、そのたった一つの悲しい出来事は、何十何百という楽しかった思い出を押しつぶしてしまうほど重かった。

避難している人たちを家族が次々引き取りに来て、体育館の中が寂しくなっていく中、ある晴れた日の午後二時頃、てんちゃんのお姉さんがスーツを着て背広姿の男性二人と小学生の男の子を一人連れて一台のベンツに乗って現れた。このお姉さんとは生け花教室でいっしょだったのに一子のことは思い出せないのか、それとも思い出したくないのか、顔を見ても無表情のまま挨拶もなかった。てんちゃんは姉の姿を見た途端、堰を切ったように泣き出して、三人に抱きかかえられるようにして車に乗り、そのまま連れ去られて行ってしまった。一度も振り向かなかった。その時は気が動転していたのかもしれない。でも、もし連絡する気持ちがあったら、この体育館の場所は分かっているわけだから、会いに来てくれるはずだった。一子は破けてしまった心をかたく凍らせて、待つのはやめよう、忘れよう、と決心した。翌日もその翌日も「待たない」自分の強い意志が自分の中にあるのを確認した。ところが何日たっても、待たない自分がしこりのように喉につかえて、待つのをやめているということが待っているのと同じだけの苦しさで一子を支配し続けた。

満月の夜、一子は胸の上に猫でも乗っているような圧迫感を感じて眼を醒ました。そのまま横になっていることができず、身体を起こし、運動靴をはいて、凍りつく校庭に出て夜空を見あげた。カマンベールのような月が出ていた。これは竹取物語ではない。天女が天に帰郷したわけではない。立ち止まっていると寒いので一子は走り出した。呼吸が乱れてくるのに合わせて、待つことを自分に禁じていた意固地がほどけてきた。待つことは悪いことじゃない。きっといつの日か、ちじょうで再会できる。一子は走り続けた。自転なのか公転なのか分からない。頭上の月を意識しながら、はあはあと白い息を吐いて、校庭を二周、三周、四周まわってもまだ走るのをやめなかった。

不死の島

パスポートを受け取ろうとして差し出した手が一瞬とまった。若い金髪の旅券調べの顔がひきつり、言葉を探しているのか、唇がかすかに震えている。声を出すのは、わたしの方が早かった。「これは確かに日本のパスポートですけれどね、わたしはもう三十年前からドイツに住んでいて、今アメリカ旅行から帰ってきたとこです。あれ以来、日本へは行っていませんよ。」そこまで言って言葉を切り、それから先、考えたことは口にはしなかった。「まさか旅券に放射性物質がついているわけないでしょう。ケガレ扱いしないでください。」受け取ってもらえないパスポートを一度手元に引き戻して、今度は永住権のシールの貼ってあるページを開いて改めて差し出すと、相手はふるえる指先でそれを受け取った。

「あれから日本へ行っていない」と言うことで我が身の潔白を証明しようとした自分がなさけなかった。「日本」と聞くと二〇一一年には同情されたものだが二〇一七年以降は差別されるようになった。ヨーロッパ共同体のパスポートをもらえば国境を越える度に日本のことを考えなくてもよくなるのかもしれないが、なぜか申請する気になれない。こうなってしまったせいでかえってこのパスポートにしがみついている自分が不思議でもある。

わたしは赤い表紙に咲く菊を恨みがましく睨みつけた。その瞬間、菊の花びらが一枚多くなって十七枚あるように見えてどきっとしたが、パスポートの表紙に咲いた花の遺伝子に変化が起こるはずがない。

ニューヨークでチェックインした荷物はベルリンに届いていなかった。遺失物保管所に行って、トランクの色と形、ベルリンの自宅の住所などの必要事項を書類に書き込んでいるうちに、しまった、と思った。ベルリンでは手に入らないとろろそば、挽《ひ》き割り納豆、もずく、明太子などをマンハッタンのダウンタウンで買い込んでトランクに入れていた。中味を調べられたら、日本の文字がびっしり書かれた食品は危険物としてすべて抜き取られ、放射性物質処理場に送られてしまうに違いない。納豆などは、ピーナッツが放射性物質のせいで短時間で変形した物ではないかと疑われるかもしれない。

二〇一五年、日本からの情報が途絶えてから、日本に関する噂や神話が蛆《うじ》のようにわいて、蛆は成長して蝿になって世界を飛び回っている。日本行きの航空便がなくなってしまったので、実際に日本へ行って自分の目で状況を確かめてみることもできない。中国のある航空会社がそのうち沖縄へ飛ぶ便を始めるらしい、という話も聞いたが、これも本当にそうなるのかまだ分からない。

福島で事故があった年にすべての原子力発電所のスイッチを切るべきだったのだ。すぐまた大きな地震が来ると分かっていたのに、どうしてぐずぐずしていたのだろう。マスコミが、「フクシマの恐怖は終わった」と主張し始めた二〇一三年の初春、わたしは京都に一週間滞在していた。大地震からちょうど二年経った日に生放送で天皇陛下のお話があるということで、ホテルの休憩室のテレビの前には従業員や泊まり客が群がり、落ち着かない表情で放送を待っていた。もちろんホテルの個室にもテレビはあったが、一人でこの放送を観るのが恐い気がしていたのはわたしだけではないようだった。うがい薬のコマーシャルがなかなか終わらないのでいらいらしていると画面が急に真っ白になり、それから風に波うつ木綿でできた日の丸が大写しになった。ところがそのあと現れたのは予想していた御顔ではなく、黒い覆面をした男だった。画面ががたがたっと揺れた。カメラが揺れたのだろう。男はマイクに向かってふっと亀のように首を伸ばして、「すべての原子力発電所のスイッチを直ちに切りなさい。これが陛下のお言葉です」と言った。聴衆は凍りついた。覆面の男はやさしい声で、「みなさん、心配はいりません。これは誘拐事件ではありません。わたしは今日ここで語られるはずだった方とは大変近い関係にある者です。そしてこれはわたくしたち全員の気持ちです」と付け加えた。覆面を通して感じられる頬と顎の線にはひな人形を思わせる何かがあった。

わたしはホテルの外に飛び出して放送局に勤めている弟の携帯に電話してみたが電源が切られている。その日何度もかけてみたがメッセージを残すことさえできない。翌日やっと向こうから電話があって、家族を連れて兵庫県にある別荘に逃げたという話だった。あのような放送のせいで放送局が右翼に襲撃される可能性があったため、局の幹部はみな家族を連れて東京から逃げたそうだ。

放送局は襲撃されずにすんだ。大震災に備えて、という名目でその年、皇室の方々は京都御所に移り、それ以来、残念なことにもうお言葉を聞くことはできなくなった。家族全員で幽閉されている、という噂もあった。

それから、また驚くべきことが起こった。内閣総理大臣が突然ＮＨＫの「みんなのうた」に現れて、どういう歌を歌うのかと思っていると、「来月、すべての原発の運転を永遠に休止します」と叫んだのである。鷹の中の鷹と言われてきた彼の変貌ぶりに、鷹も鳩もみんな、あいた口がふさがらなかった。なだめすかしても、脅しても、霊にでも取り憑かれたように原発反対を言い張るので、同僚たちは、特注のフグ料理を食べさせようとしたり、背中にタトゥーのある男たちを自宅に送りつけたり、レーザー光線で父親の幽霊を寝室に出現させ説教させたり、いろいろな手を尽くしたが無駄だった。

それからしばらくして総理大臣はこの世から姿を消した。普通なら「暗殺」のニュースが流れるはずなのに、マスコミはなぜか「拉致」という言葉を使った。いったい誰が拉致したのか。北朝鮮という国があった頃には、よくこの「拉致」という単語が使われていたが、二〇一三年に突然、北朝鮮から過激な反核運動が起こり、それがきっかけで韓国と北朝鮮は統一した。

総理大臣が姿を消してから、混乱期を経て、二〇一五年、日本政府は民営化され、Zグループと名乗る一団が株を買い占めて政府を会社として運営し始めた。テレビ局も乗っ取られ、義務教育はなくなった。そのへんまではベルリンに住むわたしにもインターネットニュースや友達からのメールで詳しく情報が摑めたのだが、やがて日本ではインターネットが使えなくなったようだった。メールやそれに類するものができなくなっただけでなく、日本で作られたサイトが更新されることもなくなった。日本へは電話もかけられないし、手紙を出しても「日本への郵便は扱っておりません」というドイツ郵便局のスタンプを押されて、すぐに戻ってきてしまう。また、日本に着陸すると、放射性物質が機体に付着するという研究結果をあるドイツの原子物理学者が発表してから、飛行機も日本へは飛ばなくなった。そして二〇一七年に太平洋大地震が起こったのだがそれも衛星カメラのとらえた恐ろしい映像から判断するしかない。津波は首都から伊豆辺りまでを嘗《な》め尽くしたように見える。あれから六年経った今も詳細は分からない。幸い、わたしの弟の家族はすでに兵庫県に移住していた。連絡はないが第六感で無事でいることが分かる。

アメリカからならばまだ日本へ行く便があるという噂を聞いた。マンハッタンのチャイナタウンのある八百屋の奥に小さな旅行会社があって、そこで大阪行きのチケットが買えるという話なのだが、ネットには載ってない。本人が足を運んでその場でドル札を手渡してチケットを買わないとだめらしい。ところが、わざわざ渡米して、教えてもらった場所に行ってみると、その旅行社はもうなかった。八百屋で働く人たちの話によると、確かにそういう旅行会社がしばらく存在していたが、ある夜、突然、姿を消してしまった。わたしはその界隈を二、三日、聞いてまわったが、手がかりは何もつかめなかった。仕方なくカリフォルニアで作っている日本の食材を買ってベルリンの自宅に帰ってきたわけだが、飛行機に乗るときに預けたトランクはどうやら永久に失われてしまったようだった。

わたしがアメリカに行ってみた年の夏に、日本へ密航してきたというポルトガル人が本を出して、それが次々翻訳され、ヨーロッパのマスコミで話題になった。「フェルナン・メンデス・ピントの孫の不思議な旅」という題名で、早速買って読んでみたが、なんだか「ガリバー旅行記」でも読んでいるような気分だった。フェルナン・メンデス・ピントは十六世紀の人間なので、作者がその孫であるはずがない。嘘つきだということはすぐ分かる。「わたしは、日々、死と向かいあって生きる日本の人々の魂を救うために日本へ渡航した神父だ」と作者は前書きに書いているが、ある新聞記事によると神父になったのは日本へ行く寸前で、それまでは冒険家だったという。冒険家で作家ならば、嘘をつくのも芸のうちかもしれない。

この本にはこんなことも書いてある。二〇一一年、福島で被曝した当時、百歳を越えていた人たちはみな今も健在で、幸いにしてこれまで一人も亡くなっていない。これは福島だけでなく、その後数年の間に次々ホットスポットとなっていった中部関東地方の二十二ヵ所についても言えることだった。被曝者の中で最高年齢者は当時百十二歳だったが、百二十歳を越えてもまだぴんぴんしている。「お元気そうですね」とピントが通訳を介して誉めると、「死ねないんです」という答えが返ってきたそうだ。若返ったのではなく、どうやら死ぬ能力を放射性物質によって奪われてしまったようなのである。夜はよく眠れず、朝起きると身体がぐったり疲れているが、それでも起きて働くしかない。二〇一一年に子供だった人たちは次々病気になり、働くことができないだけでなく、介護が必要なのだ。何しろ毎日浴びる放射能は微量でも、細胞が活発に分裂していけば、あっという間に百倍、千倍に増えてしまう。だから年が若ければ若いほど危険なのだ。そんなことは当時から分かっていたのに、二〇一一年に子供を連れてすぐに日本の西南へ逃げていった人はほんの少ししかいなかった。数年たってやっと、沖縄や兵庫県に移住する家族が増えてきた。兵庫県は県の方針で東京から移ってくる零細企業を優遇し、これから家を建てる人は場所によっては土地をただでもらえるという制度を作った。新築の家はすべてお天道様から電気をもらっているので、停電があっても平気。山から湧く冷たくておいしい水は上質で、放射性物質などまだ検出されたことさえない。もう一つ兵庫ブームの原因となったのは、京都に近いことだった。懐石料理が学校給食で出る。物のない時代なのに、茶碗も上着も座布団もすべて洗練された物が手に入る。二〇一七年までに移住した人たちは本当に運がよかった。

若いという形容詞に若さがあった時代は終わり、若いと言えば、立てない、歩けない、眼が見えない、ものが食べられない、しゃべれない、という意味になってしまった。「永遠の青春」がこれほどつらいものだとは前世紀までは誰も予想していなかった。

老人たちは若い人の看護をし、家族の食べる物を確保するだけで精一杯で、嘆く力も怒る力もない。「地獄草紙」という言葉がよく使われるようになったが、身を焼きつくす炎や流れる血が目に見えるわけではない。悲しみも苦しみも形にないまま老人たちの心に蓄積していく。いくら一生懸命に介護しても、若い人から順に姿を消していく。未来のことを考える余裕などないうちに、次の大地震が襲ってきた。新たに壊れた四つの原子炉からは何も漏れていないと政府は発表したが、何しろ民営化された政府の言うことなので信用していいのかどうか分からない。

ピントが東京に滞在したのはちょうど八月の暑い盛りで、どの家もドアや窓を開けっ放しにしていた。空き巣、泥棒、強盗、などは死語となった。女も男も裸足《はだし》に草履をはき、手脚の肌を剝き出しにして、通勤通学するようになった。家の中では真っ裸で過ごす。これでは文明人ではないと思われ、植民地化されてしまう危険が出てきそうだが、日本へは外国の船などもう、やっては来ない。白い船も黒い船も来ない。横浜の海は静まりかえり、魚や貝や海藻など海で採れたものを食べる習慣も、海水浴の習慣もなくなってしまった。人間と交わらなくなった海は暗く黙り込んでいる。海の幸は危ないが、きのこや山菜など山の幸も危ない。東京に住む人たちは土ではなく綿を入れた植木鉢をビルの屋上やベランダに置いて、その中でインゲン豆やトマトを作って食べている。

しかし娯楽が全くなくなったわけではない。貸本屋の前には毎朝列ができ、新聞を印刷する電力はないので、木版で刷った瓦版を道で売っている。縁側で碁や将棋を楽しむ人たち。長い夜をテレビなしに過ごすには本を読むしかないが、日没とともに停電になるので、語り部が現れ、街角で昔の漫画やアニメのストーリーを琵琶やギターを弾きながら語る。しかし誰もがそのようにデフォルメされた江戸時代に満足しているわけではない。被曝した人たちを救うために昼も夜も医学の研究を続ける学者たちは図書館に蛍を集めて、その尻から出る光で文献を読みあさり、実験を重ね、答えを捜している。

コンピューターはないが、太陽電池で動くごく小さなゲーム機ならある。電池が弱いので、映像の動きはとても遅く、まるで能役者のようだ。そのためにスピードを競ったり、敵と戦ったりというゲームは全く流行らなくなり、最近は能にヒントを得た「夢幻能ゲーム」が市場を支配している。恨みを持って死んだ人たち、言いたいことを言いそびれて死んだ人たち、そういう死者たちの亡霊の語る理解しにくい言葉や断片的な妄想をうまく並べて一つの物語を作って、彼らにふさわしいお経を選んでやると、亡霊が成仏して消える、というゲームなのだが、消しても消しても新しい亡霊が姿を現すのはどういうわけか。それでも気を失うことなく遊び続けた人がこのゲームに勝ったことになるのだが、「勝つ」という言葉の意味を覚えている人ももうほとんどいなくなってしまった。

彼岸

戦闘機が木の葉のように回転しながら落ちていくのを男は見ていた。もうこの土地には住んでいないのだが、長年世話をしてきた小さな野菜畑には愛着があって、わざわざ電車に乗って世話をしに来る。

細くて曲がったキュウリを切りとろうとした手はとまったままだった。機体は駱駝《らくだ》の背中の形をした丘の向こうに消えた。おそらく海に落ちたのだろうが、男の立っている位置からは海は見えなかった。男が小学校に入った頃に丘全体が立ち入り禁止地区になり、それ以来、村から直接、海に出ることはできない。そこには海水浴場や漁港があるわけではなく、埋め立てによって拡大されたコンクリートの広い敷地に富士山の五合目から上を切って捨てたような形の建築物が建っている。肌はつるつるでも八千本のトゲを肌の内側に隠し持つ怪物である。少年時代はその建物の存在を意識していたが、いつの間にか忘れてしまった。今、その記憶が長い昏睡状態から目を醒ましそうになったが、間に合わなかった。爆音で鼓膜が裂けると同時に、男の脳そのものが溶けて消滅してしまった。

パイロットは頭上にふいに巨大な建築物が現れたことに驚きながら、「あ、それは頭上ではない。下界だ。自分がさかさまになって墜ちていくのだ」と思った。なんだか他人の身に起こった事件のようで、慌てることができなかった。それから、時間の流れがどんどん遅くなっていって、残された時間はきっと一秒より短いはずなのに、たくさんの言葉を使って考え事ができた。「まるで軍需工場みたいだな。こんなところに軍需工場があったかな。昔、日本人のカミカゼ少年たちも墜落していく途中、時間の流れがどんどん遅くなっていくのを感じたのかもしれない。でも僕には自爆テロをやる理由なんかない。これは単なる事故だ。燕がモーターの中に飛び込んで来てプロペラがとまった。ばかばかしい死に方だよ。こんなことなら軍隊になんか入らないで、あのまま療養所でぶらぶら暮らしていればよかった。呼吸器が弱いということをどうして自分の幸せとしてとらえることができなかったんだろう。男らしくて危険な仕事につこうと考えたばっかりに、自分と何の関係もない退屈なアジアの島国で、つまらない工場に衝突して死ぬなんて、くだらな過ぎて笑う気にもなれない。意味がなさすぎるよ。」

十八歳のパイロットがただの工場だと思ったその建物は、一ヵ月前に再稼働した原子力発電所だった。「フランスの優秀な会社の助けを借り、最高の技術を駆使し、安全性を何度も調べた結果、住民の賛同を得て、やっと再稼働に漕ぎ着けた」と新聞には書いてあった。実際のところ、誰の賛同を得たのかは明らかではない。なぜなら、そのあたりにはもう住民は一人しか住んでいなかったし、その一人は山野《やまの》幸緒《さちお》という名前の元詩人で、再稼働には反対していたからだ。他の住人たちは反対運動が原因で起こった家族内のもめごとに疲れ、この土地を離れていった。

突然、日本の原発の再稼働の安全性について、パリで国際会議が行われたのは三ヵ月前のことだった。「再稼働は想定外のことが起こらない限り絶対に安全だ」という結果が出た。会議に参加した専門家たちは、お互い利害の対立する二十二ヵ国から集められていたので、その全員が買収されたとはちょっと考えにくかった。でも、だからと言って、会議で出た結果が客観的、科学的だとは言えない。個人の意志に関係なく動いてしまう最近の政治には、政治家と学者と財界人が料亭で高級魚を箸の先でつつきながら小声で行う昔風の汚職はもう存在しない。その理由は、高級魚がとれなくなったことと、ある料亭の女将《おかみ》がスパイ容疑で逮捕されてから、料亭の安全性が疑われるようになったことだ。そのかわり、脳味噌から脳味噌に目に見えない信号が飛び、それが無意識のうちに特定の人々によって同意され、同意した者の口座には自動的に儲けが振り込まれるという新しい世界経済の仕組みがとっくに成立している。今のところ生物学者も経済学者もこの新しい汚職メカニズムの存在をうまく実証することができないが、なんとなくそういうことではないかと感じている人間は特に詩人たちの中にはたくさんいる。

専門家たちは鋭い目つきのジャーナリストたちに棍棒《こんぼう》のようなマイクを突きつけられると、「想定外のことが起こらない限り、絶対に安全です」と答えた。飛行機が故障を起こして原発の真上に落ちる。それは、典型的な想定外の出来事だった。戦争はよく起こるので、戦争が起こって戦闘機が墜落したなら想定外とは言えないが、今回の場合、戦争中の出来事ではない。平和な時も兵隊は食事をしなければならないのでアメリカでしか手に入らない特殊な食料を運んでいた軍の飛行機が故障して墜落したのだった。輸送機と戦闘機の区別は軍の方針でもう廃止されていて、この飛行機は昔の基準で言えば戦闘機だった。ただし、この事故の原因が本当にモーターに巻き込まれた一羽の燕にあったのか、または別に原因があったのかは今でも分からない。輸送品は軍の食料だったが、ある事情があってこの一機だけは本当は別の形で輸送されるはずだった最新型爆弾の見本を積んでいた。

このパイロットはニュージャージー州の生まれで、どこかの優秀な小説家が苦労して「平均的に単純な性格」の健康な若い男を捏《こ》ね上げようと努力した甲斐があって、うまくできた見本になるような人物だった。本人はもちろん、そのことには気づいていなかった。この日は体調もよく、良好な天候のもとで操縦していた。

想定外のことが起こる確率は非常に高い。過去百年を振り返っただけでも、戦争をしていないのに軍の飛行機が墜落した例はたくさんある。ただ、これまでは幸い、山の中や田んぼの片隅に墜落したので被害は小さかった。住民たちは、「もし我が家の屋根に落ちていたら」という暗い疑問を日常生活という名前の美味しいケーキにたかるウルサイ蠅のように追い払ったが、疑惑という名前の蠅たちは家の中から追い出されると今度は道に落ちた茶色い糞にびっしりたかって、人がすぐ側を通ると驚いて黒い雲になって飛び立った。恐ろしいのは蠅ではなく、この茶色い糞だった。飼い犬も野良犬も絶滅したこの町の歩道に突然現れる人の頭蓋骨ほどの大きさの糞。

落ちるのは練習中の戦闘機だけではなく、旅客機も時々墜落する。その原因は、パイロットが過労のため操縦中に居眠りすると、上空を今もさまよい続けている特攻隊の亡霊がパイロットに取り憑いて、下界に見える大きな建物を狙って急降下を始めるためである。これはパイロットの責任ではない。充分睡眠時間を与えてくれないのは航空会社である。厳しい国際競争の中で生き延びるために苦労している航空会社を非難する人はいなかった。一番の問題は、特攻隊の亡霊たちがまだ、第二次世界大戦がとっくに終わっていることを知らされていないことだった。

旅客機墜落の原因は、パイロットの過労だけではない。操縦マニアの起こす事件もある。ネット上で飛行機の操縦を習い、模擬飛行を楽しんでいた若い男が、ある日、本物の飛行機を操縦したいという欲望を抑えられなくなり、国内線の旅客機をハイジャックして、空中でトンボを切るという長年の夢を果たした。幸い怪我人は出なかったが、乗り合わせた乗客はみんな職場を首になり、二度と再び就職できなかった。乗客には罪がないのになぜそうなるのか不思議だが、これは、加害者だけでなく被害者にも事件そのもののケガレがつくので共同体から追い出す、という古い慣習から来ているのかもしれなかった。

それからも模擬操縦に夢中になりすぎた無職の若い男たちが次々ハイジャック未遂で逮捕されたが、真似する人間がこれ以上増えると困るので、未遂事件は報道されなかった。

新宿のビルの屋上で太極拳の練習をしていた自然環境保護団体の女性たち九人は、爆発音に空の鼓膜が破れ、遠くでその裂け目から白い粉が大雪のように降ってきて、遠くの家々の屋根を白くしたのを見て、あわててビルの中にある自分たちの事務所に駆け込みシャワーを浴びた。羽田飛行場に向かって下降し始めていた旅客機の窓側席にすわった乗客たちは、海面から巨大な炎の車輪が二つ浮き上がり、内陸に転がり込み、一つは日本列島を南下、もう一つは北へ向かって、死の粉を日本海側と太平洋側両方に撒き散らしながら転がっていったのを窓から目撃した。井の頭公園で逢い引きアイスを食べていた高校生たちは、爆音に頬を殴られて空を見上げると、天空を半分隠すほど大きな茶色い傘がゆっくりと開くのを見た。高尾山でハイキングをしていて、橙色の龍と碧色《みどりいろ》の龍が雲のベッドの中でもつれあうのを目撃した登山サークルの年金生活者たち。清里では、爆発音で山が震撼し、崖が崩れてきて、なぎ倒された何十本もの杉が根っこを天に向けていっせいに静止したのを見た九十歳の絵描きが、ずっと後になってその時の様子を油絵に描いている。茨城で落花生畑に行くため家の外に出た瞬間、白い粉に包まれて目の前が見えなくなり、喉がつまって、咳き込み、咳はやまず、咳のせいで気を失うことさえできず、あまりの咳の激しさに肋骨がばらばらになっていくような痛みの中で、前庭の土に顔をなすりつけ、そのまま土になってしまった叔父を家の中から見ていた子供もいる。

しかし人々が目に見える光景に注意を奪われていたのは数秒間のことで、その後は火傷《やけど》の痛みとの戦いとなった。目で見ただけでは皮膚に変化は見られないのに、腕や手がバーベキューの串で骨の近くまで突き刺されて、炭火にあてられ続けているように痛い。これまで経験したことのない不思議な火傷だった。火傷が軽かったために生き残った人たちがずっと後になってした証言によると、初めは目には見えない火傷が、日々内側から細胞を焼き続け、そのうち唐辛子に漬けた魚卵の房のように変化していった。幸い、三千年の歴史を持つ水蛇の皮を焼いて作られた漢方薬にはこの火傷に効く薬があって、それを塗ってもらった人は助かったが、ひきつれて赤紫色に光る皮膚がもとに戻り、痛みが消えるまでには長い年月がかかった。

その日、何千万人という人々が両手を前に伸ばしてよろけながら、近くの川や湖に向かって歩いていった。途中、靴が脱げても気がつかなかった。裸足《はだし》で地面に落ちて壊れた窓ガラスの破片を踏みつけ、血まみれになった足に痛みを感じないまま、頭を闘牛のように前に突きだして、躓いて前にころびそうになりながら水を求めて歩いて行く。途中で道路に顔面を吸い付けられるように倒れて、そのままアスファルトと接吻したまま動かなくなってしまう人たちもたくさんいた。走っている自動車の姿は見あたらなかった。鉄が熱くなっていて、車のドアにさわることさえできないのだった。バスや電車はとまってしまった。運転席には運転手の影が焦げついて残っていた。

川に辿り着いた人たちは、服を着たまま川の中にざぶざぶ入っていった。腰、太腿に力が入らず、流れに押し倒され、浅瀬で溺れていった人もいる。

「生き延びる方法は一つではない」という台詞《せりふ》がちょうどその頃、流行っていたが、今はその反対で、生き延びる方法は一つしかなかった。それは、日本を離れることだった。この列島にはもう住むことができない。頭をかち割られた原発という名前の怪物の怒りは、この先何千年、近寄る人間の肌を焼き続けるだろう。

人々は本能的に一番近くにある港へ向かった。港に停泊していた船は旅客船だけでなく漁船も貨物船も、肌の焼けただれた人々を乗せて大陸に向かった。日本海側に住んでいた人たちの中には比較的早く大陸に辿り着くことができた人もいた。太平洋側にいた人たちは、荒波にもまれて、飲み水も食料も不足している船の上で何日も過ごし、大陸に着いた頃には意識の朦朧としている人もいた。船室でも甲板でも若い人たちは手の中の小さな機械のディスプレイを睨み続けたが、そこには深い闇があるばかりだった。

新潟港を出発した雪若丸は定員をはるかに超える乗客を乗せて、ある中国の港に向かっていた。入港許可が比較的早く出たのは、佐渡島出身の船長が学生時代に香港に留学したことがあり中国語が達者だったおかげだった。最終的に中国から入港許可をもらえなかった日本の船はないのだが、お役所的な諸問題が発生してかなり時間のかかった場合もあった。並行してロシアにも上陸許可を申請した船も多かったが、結局は返事の来ないうちに中国から許可が出た。実はロシアも最終的には日本から来るすべての船に上陸許可を出したのだが、対応が遅かった。それはサハリン島で釣りを楽しんでいた大統領自身が被曝して病院で治療を受けていたためだった。

船室は隅々までぎっしり人がすわっている。船内に留まっていることが息苦しくなった人たちはしばらく迷ってから甲板に出た。一度立ってしまえば、もう戻る場所はなくなってしまう。それでも外の空気を吸わないと気絶してしまいそうだった。甲板ではどこに立っても冷たい風が薄い刃で斬りつけてくる。波は高くはなかったが、黒い石を溶かしたような不気味な重量を感じさせた。マストの下で、日に焼けた男たちがあぐらをかいて輪になって、なにやら熱心に討論していた。舳先《へさき》の近くでは、数時間の間にギャルから難民に変身することを強いられた女性が三人身体を寄せ合って、マニキュアのはげかけた両手を神経質そうにこすりあわせたり、自分の髪の毛を何度も不安げにさわったりしていた。

甲板の隅に一人、みんなに背を向けて海を見ている背広姿の男がいた。元参議院議員の瀬出郁夫《せでいくお》だった。「元」という言い方が正しいのかどうかは分からない。瀬出は議員をやめたわけではないが、取りあえず国会は開かれないだろうし、その国会の属する国家がいつまで存在するのか分からない。夜になると、瀬出は近くを通り過ぎようとした船員を小声で呼び止め、押し殺した声で取り引きをした。それから二人で機械室に入り、出て来た時には、瀬出は背広の代わりに灰色の作業服を着て、紺色の毛糸の帽子をかぶっていた。

船が港を出てしばらくは瀬出は船内の売店の隣にすわって、ぼんやりしていた。数時間後に中国政府は、日本からの難民をパスポートを持っていない人も含めて全員受け入れると言ってきているという船内放送があった。それを聞いて船に乗っている人たちの疲れ切った顔に安堵の微笑みが浮かんだが、瀬出だけが苦しそうに呼吸しながら、あおざめた顔で甲板に飛び出した。

瀬出はここ数年、中国を侮辱する発言を重ね、それについては国内でも国外でもかなり非難を浴びてきた。これには個人的な理由がある。というのは、瀬出はここ数年、男性としてある身体的な症状に悩んでいたのだが、ある時偶然ついにその悩みから解放される方法を発見したのだった。どんなことがあっても、この方法を手放したくない。もう政治などどうでもよかった。と言うより、それまでも政治には関心がなかった自分に今になって気がついた。若い頃は映画俳優になりたかったのだが、大学を卒業してからオーディションに四度続けて落ちて自棄《やけ》になって飲んでいたバーで勧誘されて政治の道に入ったのが間違いだった。

ある日、いつもながら腹立たしい記者会見があって、参議院議員の瀬出は、学部の学生のような幼い顔をした頭脳明晰な新聞記者に外交政策の間違えを間接的に指摘され、それに関して最近の発言の意味を問いただされ、じわじわと批判され、相手の方が情報が豊かなだけでなく、思考力もはるかに優れているので、そのうち瀬出は追い詰められた鼠が猫に飛びかかって嚙みつくように、全くその場の思いつきで、中国を侮辱する発言をしてしまった。その発言を聴いて、新聞記者は瀬出の知的水準の低さに唖然として声が出なくなった。他の記者たちも、通り魔から逃げるように記者会見の会場になっていたホテルの多目的ホールから逃げていった。

瀬出は控え室に引っ込んで、今の失言をどうやって言い訳しようか思い悩みながら椅子にどしっと腰を落とした。いつもの癖で脚を組もうとしたが組めない。下半身の様子がどうも変なので、息を吸って脂肪のついた腹を少しひっこめてみた。その瞬間、長年の悩みが解決していることに気がついた。瀬出は膝の上においた右手をゆっくり近づけて、身体のその部分をさわってみた。信じられない。瀬出は席を立ち、廊下を急ぎ、「男性」と書かれた空間に吸い込まれていった。

その日の瀬出の発言は、対立する政党からだけでなく、自分の党からも、国民からもバシバシと非難された。電話は鳴り続け、メールボックスは破裂しそうになっている。これで瀬出の政治生命は終わりかと思えばその逆で、次の選挙で、瀬出はこれまで得たことのないほどたくさんの票を得たのだった。

自分の発言を思い出しただけで腰が震え、下半身が熱くなった。不能の悩みから、こんなかたちで解放されるとは思ってもみなかった。こんな簡単な治療法はない。お金もかからないし、とりあえずは誰にも知られる心配がない。そうだ、自分にとって、アジアは大き過ぎ、強すぎ、美しすぎる母親だったのだ。或いは、自分を嘲笑する年の離れた優秀な兄、或いは期待が大きすぎる厳しい父親かもしれない。なんでもいい。とにかく、自分を抑圧する大きな何かをナイフで刺すポーズをとらなければ、男になれない。瀬出は長年の謎がやっと解けたことが嬉しくて、車の後の席にすわって公務に向かう時なども自分では気づかぬうちにニヤニヤしていて、鏡の中で不思議そうに顔をしかめた運転手とばったり目が合ってしまい、咳き込むこともあった。

翌年、瀬出は自分の発言をこっそり盗む年下の同僚がいることに気がついた。その男は誰にも注目されていない、輝き皆無のやせっぽちの若造だったので初めは気にならなかったが、だんだんテレビにも頻繁に出演するようになってきた。その表情をテレビで観ていると、鼻と上唇の間に劣等意識がにじみ出て、目だけ野心にギラギラ光っていて見苦しく、瀬出は思わず目をそらした。この男は人の関心を引くためなら何でもする卑劣な人間であるに違いない。自分に対するマスコミの関心が薄れてきたら、話題になるために、なぜ自分が瀬出と似たような発言をする気になったのか、衝撃の告白とやらをしでかすかもしれない。そうすれば当然、瀬出も同じ理由で中国を挑発するような発言をしているのではないかと疑う人が出てくるだろう。瀬出はだんだん神経質になってきた。講演会が終わってから聴衆に、「大国を恐れず、男らしくて勇敢な発言をする」という励ましの言葉をもらうと、その「男らしい」という箇所で冷や汗が出た。

瀬出は個人的な心配事を心の中でクヨクヨと捏ねまわしていたので、甲板にずっと立っていても、吹きつける海風の冷たさを感じなかった。大陸に到着してから、もし大国の政府が、自分が政治家の瀬出であることを知ったらどうなるのだろう。本当の理由を話せば笑って許してもらえるだろうか。それとも今のうちに海に飛び込んでしまった方が楽に死ねるだろうか。マストに設置されたライトの光が海面の黒いうねりに反射している。海も船も揺れているので考えがまとまらない。瀬出はゆっくり後を振り向いて、身を寄せ合って眠っている男女数人の若い人たちを見た。彼らはなんて幸せなんだろう。あんな安物の服を着て、父親が下請け会社を首になっても、母親がパートで時給千円しか稼いでいなくても、姉さんが派遣社員でも、自分の存在価値を疑うことなく、これまで何も犯罪を犯さないで、可愛い顔をして楽しく生きてきたのだ。日本のフリーターやニートたちは、これから新しい中国市民として暖かく受け入れられ、きっと生活条件もこれまでよりよくなって、自分がこれまで暮らしていた「ニッポン」という名前だった島国の存在を完全に忘れてしまう。彼らはまだ若くて脳味噌が柔らかいので、数年後には自分はアジアの巨大な多民族国家の構成要素である「ニッポン族」という少数民族であるという自覚の下にすがすがしく生きていくことになるのかもしれない。それもいいのかもしれない。でもどうして自分だけが死刑にならなければいけないのか。そんな不平等が許されるのか。

瀬出は深緑色の海面を憎しみをこめて睨んだ。海には責任がないことは充分承知していた。責任をとらなくてもいい主体を人は「自然」と呼ぶ。


瀬出はいつの間にか眠ってしまった。目が醒めると、まるで自分で自分を縛ろうとしたかのようにロープを両手に絡め、身体を半弓型にまるめて濡れた甲板に横たわっていた。明るいので夜が明けていることが分かった。肩が冷え、額の裏側が痛かった。興奮した声で討論している男女の声が聞こえる。日本語のはずなのに意味が全く分からない。それともここはもう中国で、今聞こえているのは中国語なのか。立ち上がると一晩で腿の筋肉が後退したのか、身体が重くて支えきれずによろめいた。海面はサファイアの色をしていて、前方に小さな船着き場が見える。あんな小さな船着き場にこの大きな船が入れるのかと心配になって振り返ると、自分の乗っている船も小さかった。乗った時には大きな船だと思ったのに、どうしてこんなに小さくなってしまったのだろう。

岸には紺青色の制服を着た男たちが一列に並んでいたが、瀬出の予想に反して、銃をかまえてはいなかった。制服姿の男たちは、船から降りてくる日本人難民をひとりずつ丁寧に建物の中に誘導した。顔に微笑みは浮かべていなかったが、手や肩の動きには、難民を暖かく迎え入れる気持ちが表れていた。瀬出は身体が震えて普通に歩けなかった。平然と歩かなければ、後ろめたいことがあるのではないかと疑われてしまうかもしれない。普通に歩こうとすると、ますます歩きにくくなった。やっと建物の中に入った。裏側の窓ガラスからその向こうに林立する高層住宅が見えた。丘を切り開いて建てたのだろう。削られた斜面の土は赤っぽい色をしていて、新しい傷口のようになまなましかった。あの高層住宅に入れてもらえるのだろうか。そしてとりあえず、平和な生活が始まるのだろうか。過去のことは何も調べられずに、みんな新しい名前をもらって、仕事を始められるならどんなにいいだろう。瀬出はこれまでの人生でほとんど使ったことのなかった「労働者」という単語を憧憬をこめて思い浮かべた。俺も労働者として受け入れられたい。みんなと同じ給料をもらって、労働者として群衆の中に埋もれてしまうことができたら、どんなに幸せだろう。これだけの大国であるから、小さな島から数百万の避難民を受け入れることなど、それほど大きな事件ではないのかもしれない。だからテレビのニュースでも報道されないかもしれないし、いずれにしても、すぐに忘れられてしまうだろう。役所は難民の過去など、わざわざ調べる価値などないという見解であればありがたい。

瀬出はおそるおそる受付の机に近づいていった。そこには二十歳前後の女性の役人がすわっていた。髪の毛が顎のあたりで揺れ、濡れた瞳の上に睫《まつげ》は密生し、口紅をさしていない唇は熟れたイチゴ色に輝いていた。瀬出は椅子にすわった。桜色の爪をした細長い指が目の前に書類を一枚置いた。氏名、生年月日、生まれた場所、それまでの職業、これから希望する職業など書き込むようになっていた。瀬出は、実際の年よりも三つ年とっていることにして架空の生年月日を書き込み、職業は小売店経営とし、住所は子供の頃の住所を書いた。名前は先週読んだ推理小説の犯人の名前を書いた。書いてしまってから、無実だった男の名前を書けばよかったと後悔した。

「朝鮮連邦への移住を希望しますか」という質問事項を読んだ途端、瀬出の手は震え始めた。その震えを見られないように左手が、ボールペンを持ったままの右手をつかんで机の下に隠した。中国に留まるよりも、朝鮮連邦に行った方が安全なのではないか。統一後の朝鮮は、過去にこだわらず未来を見る国としての方針を海外に発信し続けてきた。瀬出は北朝鮮と韓国について一度ひどい発言をしたことがあり、その時、国内政敵や国民から非難を浴びたが、それはもう過去の話であるし、一度だけでやめてしまった。なぜなら、どんなに優秀であっても比較的小さな国なので、悪口を言っても不能の治療には効果がないことが分かったからだ。大きな国に殴りかかっていくことで初めて男性ホルモンが出るのである。だから中国に対してはしつこく誹謗中傷を重ねてきたが、朝鮮半島については覚えている限りでは一度しか悪口を言ったことがない。たった一回の失言なら、過去を忘れるつもりの国は許してくれるのではないか。朝鮮連邦に行こう。そう思うのだがそのように大きな決断をすぐにくだすだけの体力が残っていなかったため意識がぼんやりしてきた。

瀬出がボールペンの動きをとめたまま黙っているので、若い女性の役人は、「問題?」とメモ帳に書いて、瀬出に見せた。瀬出は自分の生死を決定する移住先について熟考しなければいけない時なのに、「もしこの若い中国人女性と結婚したら、何か言いたいことがあるごとに紙に漢字を書いて見せ合うんだろうか。それも楽しそうだな」などと馬鹿なことを考え始めた。どうやらあまりに難しい決断を迫られた瀬出の脳味噌が困って路地に逃げ込もうとし始めたようだ。

英語の発音が全くできない瀬出には、中国語の正しい発音をこれから習うことなど全く無理だろうが、この女性が今やっているように、漢字から成るキーワードを書くことで会話する技術を身につけることならできそうだ。中国語としては間違っているだろうが、「帰宅何時?」、「夕食美味」、「我愛納豆」という風に書けば理解してもらえそうなので、そうやって、とりあえず夫婦の会話を行ない、世界平和を目指すこともできるのではないのか。しかし、いくら楽しい新婚生活を送っていても、秘密警察が自分の過去の発言をあばけば、ある日突然逮捕されて、死刑を宣告されるかもしれない。そうなれば、いかに監獄とは言え、やっぱり中国だから時にはフカヒレ・スープや上海蟹くらいは出るのだろうし、それでは経費も嵩むだろうし、そうすると自分のような価値のない人間が長期間、刑務所の飯を食わせてもらえるはずもなく、数日後には死刑執行になるだろう。そうしたら若い妻は泣きむせぶだろう。まだこんなに若いのに何と哀れなことだ。瀬出ははっと我に返った。目の前の女性は、質問がないものと見なして、次の手続きを進めようとしている。瀬出は用紙をひったくり、そこに「朝鮮移住可能？」と書いた。これまで端正麗美な顔に冷静な表情を浮かべていた女性が急に、風鈴のような声を出して笑った。瀬出にはその理由が全く分からなかった。女性は新しい紙を手に取って、そこに大きな力強い字で「不可」と書いた。相手は何か知っている。自分はもてあそばれているのだと瀬出は思った。鳥肌がたって、臍《へそ》を中心に身体がどんどん縮んで小さくなっていく。額から汗がにじみ出てくるのが感じられる。うつむいたまま、顔をあげることができない。

動物たちのバベル

どの役も俳優は女でも男でもいい。

第一幕

ある大洪水の後。

イヌ　なんだか身体の隣に穴が開いてしまったような。
ネコ　身体の隣に穴？
イヌ　ほら、見て、ここに人間一人分の大きさの穴が開いてる。
ネコ　穴なんて見えないけど。

イヌ　ホモサピエンスなんて存在しない方がいいというのが一般的な見方。確かに、人間は地球にとってはがん細胞みたいなものだったかもしれない。それでも人間が恋しい。

ネコ　二本脚の独裁が終わってみんなほっとしているのに。過去を美化するつもり？　動物的倫理はどこ行ったの？

イヌ　倫理も、人間、つまり独裁者が考え出したもの。哺乳類の感情は、倫理で管理できない。

ネコ　誰かがいなくて恋しい、ってどういう気持ち？　具体的に説明してみて。

イヌ　胸の骨が痛い。腰が重い。胃が麻痺して、何も食べたくない。

ネコ　人間たちはいなくなったけれど、幸運にも遺産を残してくれた。

イヌ　遺産？

ネコ　ほら、こんなにたくさんグルメのための缶詰を残していってくれた。人間の時代が終わって、缶詰が残る。缶詰は、腐らない未来を保証してくれる。

リス　でもネコに缶が開けられる？　ネコは誇りだけは高いけれど、実生活では人間に依存していて、自分では何もできなかったでしょう。缶切りの使い方、知ってるの？

ネコ　依存していたわけじゃなくて、人間が頼むから仕方なくペットの役を演じてやっていただけ。

リス　あまり同じ役ばかり何年も演じていると、他の役が演じられなくなってしまうんじゃない。

ネコ　人間のペットになるか、どぶ鼠のように下水溝で生きるか、パンダのように愛されながら絶滅するか。哺乳類に選択肢はあまりなかった。

イヌ　仕事がしたかった。同居人のホモサピエンスに養ってもらうつもりはなかったから。でも人間は仕事を任せてなんかくれなかった。管理、調査、決定、売買、会計、教育、治療。すべて自分にしかできないと信じていた。例えば小さい子の教育とか、鬱病の治療とか、わたしに任せた方がいい仕事もたくさんあったのに。わたしに課された役目は、ペットとして愛されることだけだった。

リス　ペットは自分では缶詰ひとつあけられない。

ネコ　町の公園のリスなんて昔は馬鹿にしていたけれど、今はそのこと後悔しています。わたしたちはみんな平等。平等平和条約を交わしましょう。缶を一個あけてくれたら、わたしは胡桃《くるみ》の木の下で昼寝するのを一日断念する。缶一個で一日停戦。それでいい?

リス　停戦?　戦争をしていたなんて知らなかった。でも、そのネコ手じゃあペンがにぎれなくて、条約にサインできないでしょ。

ネコ　それなら、お金を先払いするから、缶詰をあけて。お願い！
リス　お金なんて枯葉と同じで意味ないでしょ。
ネコ　お願いだから、缶を一つあけてみて。拍手してあげるから。
リス　拍手？　それは気をそそられるなあ。（缶を開けてみせる）うまく開いた。でも、歯が欠けた。
ネコ　齧歯類《げっし》だからまた生えてくるんでしょう。もし痛みがあったら、痛み止めの薬持って来てあげる。
リス　痛みをなくしたいなんて思ったことないけれど、それってやっぱり人間独特の発想だと思う。
ネコ　人間は痛みも缶詰に閉じ込めてどこかに隠してあるのかも。本当にいろいろな缶詰があったから。トマト、みかん、パイナップル、酢漬けのきゅうり、死んだ牛、赤い豆、鯨、銀杏《ぎんなん》、蚕の幼虫。人間はできれば宇宙を缶詰にして永遠に保存したかったみたい。
リス　宇宙の缶詰か。自分の脳味噌を缶詰にすればよかったのにね。永遠に腐らないように。
ネコ　人間の脳味噌は、猿の脳味噌と九十九パーセント同じなんだって。
イヌ　（沈んでいた悲しみから急に目をさまして）猿？　猿なんて大きらいだ。

ネコ　おちついて。猿はもう絶滅したんだから。

キツネ　猿は肉がまずいから絶滅したのかも。その点リスの身体なんか柔らかくて美味しいね。でも、もっと美味しいのはウサギ、ウサギの肉。

ウサギ　こんにちは。わたしの名前はウサギ。何でも知っているから、分からないことがあったらどんどん聞いて。伝染病をかかえているかって？　かかえてます。だからわたしを食べたら病気がうつります。

ネコ　それならウサギのステーキはあきらめて、リスの串焼きにしようかな。

キツネ　ウサギのグラタンとかリスのパスタも美味しい。

ウサギ　あなたたち、菜食主義者になったって聞いてますけど違うんですか。

キツネ　紙を食べるのも菜食のうちかなあ。たまたま新しい飛行場ができて、それまでずっと住んでいた家が取り壊されてしまったのだけれど、遠いところへ引っ越す気にはなれなかった。何を食べたらいいのか分からなくて、しばらくは飛行場の乗客が捨てていく搭乗券を食べて暮らしていた。

イヌ　君たちはさっきから食べ物のことばかり考えているようだけど、人間が恋しいのは、食事を与えてくれたからじゃない。洗って、毛を梳《と》かして、糞を片付けてくれたからでもない。つまり使用人としての人間を愛していたわけじゃない。

ネコ　イヌは一種の変態だね。散歩に行く時もレストランに行く時も、必ずホモサピエンスを連れてたね。

イヌ　人間に身体を撫でてもらって気持ちいいと感じたこと、一度もないの？

ネコ　それはあるけれど、でも撫でかえしたいとは思わなかった。

リス　人間に自分の身体を撫でさせるだけでも変態だと思う。

ウサギ　でも人間に撫でてもらうと、うっとりすることもあった。人間は不思議な能力を持っていてそれをエロスと呼んでいた。人間がキャベツを撫でると、キャベツはどんどん大きくなっていった。人間が蕾に接吻すると薔薇の花は一日早く咲いた。

リス　それって遺伝子操作？

ウサギ　ちがう。自然と人間との恋愛関係。でも人間の一番いいところは、われわれウサギを春の神様として崇めていたこと。

リス　それはどうして？

ウサギ　子供の数が多いから。

クマ　子供は多ければいいというものではない。

ウサギ　あんたのうちの子、何歳で大人になるの？

クマ　冬を二つ越えれば大人になるよ。

ウサギ　そんなに長いこと、子供なの？

イヌ　長くないよ、人間に比べれば。隣の家の人なんか、息子に四十年も餌をやっていた。人間の文明は変態文明。だから進歩的。わたしたちイヌはその影響を受けて文明化した。

クマ　あんたが文明化している証拠は？

イヌ　わたしは少年のにおいがする靴を菩提樹《ぼだいじゅ》の下の草むらに隠している。それを時々出して、においをかいでエクスタシーに浸っている。

クマ　確かに文明的だ。

ネコ　実はわたしも知らないうちに人間の変態がうつって少し文明化していた。プラスチックでできた鼠のおもちゃの方が生きている鼠より面白い。もっと面白いのはゲームの中の鼠。でもそれが鼠獲りの罠みたいなもんだった。コンピューターにつかまって、脳味噌も筋肉もすっかり減ってしまった。偽物の鼠のいない世の中になってよかった。

イヌ　でも人間が集まっている居間のソファーで寝るのが好きだったでしょう？

ネコ　確かに。人間たちのおしゃべりに耳を傾けていると教養が身につくからね。人間は自分の行ったことのない場所のこともよく知っていた。ある日、昔のドイツの養鶏場の話が出た。鶏たちは何百羽と狭いところに閉じ込められて、顔に二十四時間、特殊な強い光を当てられて眠れず、絶対に毎日一個卵を産む。機械みたいに。

あまり狭いところに集団で閉じ込められているんで、病気が広がりやすい。飲み水には抗生物質がたくさん入れてある。毎日、分厚い手袋はめた検査員が見回りに来て、病気になった鶏がいると、がばっと摑み出して、ケースに詰め込む。あまりきつく詰め込まれるんで、首の骨を折るのも出てくる。ケースはトラックで食品加工工場に送る。

リス　その工場でネコの餌の缶詰造るの？（工場の様子を想像して吐いてしまう）

ウサギ　平気？（急に気持ち悪くなって吐く）

キツネ　わたしたちキツネはそういう残酷なことはしたことがない。キツネにはキツネなりの倫理があるから。

ウサギ　残酷だけれど能率的なんじゃない？　人間のやり方は。絶滅したのが不思議。

クマ　人間たちは、自分たちがわたしたちクマより先に絶滅するとは思っていなかったと思う。

イヌ　まだ絶滅したとは限らない。人間たちはどこかの島できっと生きのびていると思う。少なくとも良心的な人間たちは。

キツネ　良心的な猟師っていうのがどうも分からないんだよね。（銃を手に観客を何人か狙い撃ちする）撃たれたキツネの両親にとっては、猟師の良心なんて存在しないでしょ。

イヌ　でも、害になる動物を撃つ猟師は悪い人間じゃないでしょう。クマとかキツネとかは撃ってもいいと思う。

クマとキツネが怒ってイヌに襲いかかるが、リスが片手を挙げた瞬間、喧嘩がやむ。

ウサギ　（リスに握手を求めて）あなたは小さくて偉大だ。

リス　リスは百獣の王だから。

キツネ　どうして人間たちはノアの箱船に乗り遅れたのかな。

イヌ　それは、自分だけでなく他の生き物を助けようとしたから。

キツネ　自分の家族だけ助けようとしたからでしょ。

イヌ　大洪水が起きたのは自分たちのせいだと思って自殺したのかも。

クマ　それはありえるような気がする。人間たちは川にコルセットをきせて細く絞ったり、川にコンクリートを塗って化粧をほどこしたり、川の鼻面を引っ張って流れを変えさせたりしていたから、ある日、川の怒りがあふれて、洪水になった。

イヌ　でもすべての人間が自然の手脚を切り取ることに賛成していたわけではないで

しょ。初めから反対していた人間もいたし、後から後悔していた人間もいた。

キツネ　人間が後悔するかなあ。車をとばして結婚式に向かう途中、キツネを一匹轢《ひ》いてしまうことがあっても後で絶対後悔しない。結婚したことは後悔するかもしれないけれど、キツネを轢いたことは後悔しない。

リス　自分のしたことを後悔するということを知らなかったから人間は溺れたの？

クマ　ホモサピエンスは頭が変なところにくっついているから解剖学的にみて溺れやすい。それだけのことでしょう。一言で言えば設計ミス。それって一体誰の責任？

リス　実はわたしも全く同じこと思っていたんだけれど、完全な設計ミス。まず舵がない。だから細い枝の上でうまくバランスがとれない。（ふさふさした尻尾をみせびらかす。キツネとネコも同じことをする。クマとウサギは自分の小さな尻尾を恥じる）

イヌ　みんな人間の偉大さが分かってない。人間の尻尾は脳味噌の中にある。

キツネ　それもちょっと変態かも。

クマ　設計ミスではなく、病気かもしれない。体毛が全部ほとんど抜けてしまっていたのは、生命を奪うような光線に当たったせいらしい。

キツネ　口が平面的な顔についているから、うまく噛みつけないし。

リス　人間は目が顔の側面についていないから、視界が狭かった。

ウサギ　人間は耳が低過ぎる位置についていて、耳の外に出ている部分が退化していたから、遠くの音がほとんど聞こえなかった。

キツネ　人間は走るのがとても遅くて跳躍力もなかった。だからオリンピックにはホモサピエンスしか出られないという差別的な規則を作っていた。カンガルーがオリンピックの三段跳びに参加したら人間は金メダル取れないからね。

ネコ　人間は鳥目だったくせに暗くなっても寝ないで、電気を無駄にして、いつまでも理由もなく起きていた。

イヌ　人間の鼻は鼻水を垂らすためにあるようなもので、においに関しては性能が悪かった。においをかいでも、さっきまで自分の子のすわっていた椅子を他人の子のすわっていた椅子と区別することさえできなかった。いや、においなんかしない方がいいから、鼻が退化した。人間の教室も仕事場も恐怖を感じる時ににじみ出る汗でむんむんしていた。人間の悪口を言うのは簡単すぎるから、やめよう。人間を褒め称えるのはとても難しい。だからこそ、文明化したわたしたちイヌ族は、人間の長所を無理にでも探し出して宣伝することを一生の課題とする。ああ、人間はすばらしい。

ネコ　それならどうして絶滅したの？

ウサギ　ノアの箱船の船長が人間を乗せなかったから。

ネコ　どうして？

ウサギ　人間たちは船長を軽蔑していたから。

クマ　船長は美女で、下半身が魚。彼女の夫もやはり女で、背中に羽根が生えていたっけ。

キツネ　わたしは船長を尊敬していた。

ウサギ　わたしも同じ。人間たちは、お金を払って乗船券を買えば誰でも船に乗れる、と思っていた。

クマ　でも乗船券なんて存在しなかった。わたしなどは生まれてから一度もお金など持っていたことがなかった。

キツネ　自慢しているみたいに聞こえるからこのことは話したくないのだけれど、わたしは実は昔はピカピカの大金持ちで、キツネの襟巻きをしていたことさえある。でも、ある病気にかかって貯金を使い果たしてしまった。きつね色の物を見つけるとすぐに買いたくなるという不思議な病気。自分でもどうしてなのか分からないのに買いたくて買いたくて買いたくて買いたくて夜も眠れない。どんなに高くても、買うと気分が高揚した。

クマ　気分が高揚した、なんて人間みたいなこと言ってると、そのうち鬱病になるよ。

キツネ　実際、先週の火曜日に鬱病になったばかり。そしたら水曜日にはもう治療薬が家に送られてきた。注文もしていないのに。必要なかったら送り返していいって書いてあった。でも一粒でものんだら請求書に書いてある金額を払わないといけない。これは人間が考え出した合法詐欺の一つ。

クマ　人間は倫理的な理由で溺れたってみんな本気で思ってるの？　そういう判決を下すのって人間っぽすぎない？

キツネ　人間は嘘つきで、うぬぼれが強くて、悪賢いというのはステレオタイプに過ぎないかもしれない。たとえそれが真実だとしても、そのくらいのことなら性格の歪みとして我慢できる。でも人間は火で危険な遊びをやらかした。これは火をつかさどるキツネの神としては許せない。

クマ　戦争が好きだった。

ウサギ　それより武器を売るのが好きだったと言うべきじゃないかな。

クマ　武器を売って儲ける人間もいたし、戦争は好きだけれど自分では戦線に行かない人間もいたし、戦争が嫌いなのに戦争で死んだ人間もいた。

キツネ　人間がいなくなってよかったと思う？

ウサギ　正直言って、どっちでもいい。あなたは？

キツネ　どっちでもいい。どちらかに投票しろと言われたら人間のいない地球に賛成する。
クマ　賛成。
リス　どっちでもいい。
ネコ　人間がいた方がいい。
イヌ　人間がいない世界なんて意味ない！　人間がいなければ、イヌという単語も存在しない。（長い間）でもイヌであるということが自分にとってそれほど重要なのかどうか。

第二幕

美術館のカフェのようでもあり、ジムのようでもある定義不可能な場所。動物たちは人間のように服を着ている。その服は優雅で魅力的だが、性別ははっきりしない。第一幕でお互い言葉を交わしていた記憶は消えている。

クマ　（声を出して手に持ったパンフレットを読んでいる）

政府は、首都の東北方面に我が国の栄光にふさわしい立派な要塞の建築を予定している。高さは世界一高い塔よりも一センチ高く、外壁は放射能を通さない。この要塞は真上から見おろすと、渦潮の形をしている。真ん中には塔があり、インターネット、携帯電話、テレビ、ラジオなどあらゆる波を管理することができる。この要塞はあらゆる襲撃から国を守るだけでなく、伝染性のイデオロギーからも守ってくれる。

五メートルの厚さのある要塞の外壁の中には住居が造られることになっている。要塞建設の協力者は後にその住居に住むことができる。

キツネ　こんにちは。バベルの塔の建設に協力しようと思ってここに来たのですが、ここがもしかしてプロジェクト・オフィスですか。わたしの目にはジムのように見えるけれど。実はジムは苦手なんです。

リス　ジムがおきらい？

キツネ　ジムなんて、筋肉のデパート、汗の香りを売る香水屋、カロリーの焼却炉に過ぎない。

リス　普通に生活していれば、筋肉は衰えないですよね。

キツネ　でも普通に生活するのはとても難しい。だから普通に眠るのもとても難しい。実はわたしは不眠症で悩んでいます。眠れないんで、真夜中になるとキツネのように町はずれをこそこそうろついているんです。

リス　実はわたしも普通じゃないんです。最近、クロワッサンや苺ケーキなど柔らかいものしか食べられなくなってしまいました。それで、硬いものを食べるようにできている前歯がどんどん伸びてしまって。毎週月曜には歯医者に前歯を削ってもらいに行っているんですが、週末にはもう口がしめられないくらい伸びています。

キツネ　わたしは、深夜、宝石屋や印刷屋の多い地区をうろついていて警官にこんな時間に何しているのかと尋問されました。訊かれていることの意味がよく分からないので、革命の準備をしているのだと答えてしまいました。眠れないのだという答えでは警察には物足りないんじゃないかと思って。それ以来、いつか有罪判決がくだされるんじゃないかとそれが怖い。法律書を読んだことがないので、どういう時に逮捕されるのか、くわしいことが分からないんです。わたしの知識は全部テレビの推理ドラマからきているんです。まあ、ほとんどの人がそんなもんだと思いますが。あなたは法律のことはくわしいですか。

リス　まああくわしい方です。でも誰がいつ逮捕されるかは、刑法を勉強しても分かりませんよ。

ウサギ　（身体を鍛える機械を一つずつ試してみながら）これは笑う時に使う腹筋を鍛える機械、これは立ち見席でオペラを観る時に必要なふくらはぎの筋肉を鍛える機械。確かにプロジェクト・オフィスというよりここはジムですね。健康にいいことでもしましょうか。

キツネ わたしは仕事をしに来たんですよ。お金は、健康によくないことをした時にしか稼げないものですよ。

リス お金? お金がもらえるって招待状に書いてありましたか? 給料は出ないけれど、後で要塞の中のアパートにただで住めるって書いてあったように記憶していますが。

ウサギ 要塞なんて、そんな危ないところには住みたくない。

リス 要塞だからこそ普通の建物よりずっと頑丈にできていて、ダイナマイトでも爆破できない。

ウサギ でも要塞は敵の攻撃を受けそうなところに作られるんじゃないですか。それに戦争になったらダイナマイトじゃなくて、核兵器を使うんじゃないかと思うんですけど。もし攻撃されたら、焼け焦げた肉の塊になってしまう。それどころか残るのは影だけかもしれない。

リス 危険な場所に建てるから、安全のことを真剣に考える。だから、危険な場所は特に安全なんだそうです。専門家が言っているのだから間違いありません。

ウサギ たとえ本当に安全だとしても、わたしは要塞には住みたくない。お腹がそう言っているんです。
リス　正直言うと、わたしの小さなお腹も同じことを言っている。専門家と違って、わたしのお腹はわたしを裏切ったことがない。
イヌ　でも、それはわたしたちが要塞に住みたいかどうかの問題ではなくて、わたしたちにはここに住む義務があるということらしいんです。
ウサギ　そんな馬鹿な。
リス　くわしい説明の書かれたパンフレット持っていたんだけれど、どこ行ったかなあ。(他の者たちが話をしている間も、独り捜し続ける)
イヌ　誰かが要塞に住まなければならないんですよ。自分は住みたくないなんて自分勝手です。
ウサギ　誰かが要塞に住まなければいけないというのは、防衛大臣が言ったことですか。
キツネ　いいえ。防衛大臣はブックフェアの後、辞表を出してやめました。ホラー小説を書いたら爆発的に売れたんで作家になったという噂です。これからは自分の空想をフィクションとして売るつもりでしょう。
ウサギ　その方がいい。
キツネ　今週、政府は店じまいです。文化大臣は言語障害、大蔵大臣はサラ金に追われて逃走中、環境大臣は鼻風邪を引いて放射線治療を受けています。元気なのは建設大臣だけです。

イヌ　子供の頃、自分が将来何になりたいのか分からなかったんです。弟は盲導犬になる学校に通っていて、兄は映画俳優になる学校に通っているのに、自分だけ何をしたらいいのか分からない。そんな時、酒場のトイレのドアに貼ってあった警察犬募集のポスターを見つけて、心臓に火がついたみたいになった。その夜は嬉しくて眠れなかった。朝起きたら、自分の味方を救うために死にたい、と思ったんです。

ウサギ　自分の味方って誰？

イヌ　わたしと同じ宗教を信じる者たちです。

ウサギ　それであんたの宗教は何教なんです？

イヌ　それは、えっと、忘れました。

ウサギ　それでも死にたいんですか。

イヌ　いえ、自分の命を捧げたいと思ったのは一日だけです。その翌日、とんでもないドキュメンタリー映画を観てしまいました。ホームレスの犬たちが巨大な網で捕まえられて、トラックの檻に入れられて、工場跡に輸送され、次々銃殺される映画です。ポップコーンを売っている人に、その映画を観ていて腹がたった、と話したら、野良犬は国民の害になるから消えた方がいいと言うのです。それを聞いた瞬間、国のために死にたいという気持ちはすっかり消えました。その代わり大学で法律を勉強する決心をしたんです。

ウサギ　それで法学部に行ったんですね。

イヌ　はい。でも博士論文にも、思春期とか反抗期とかあるんです。それで教授から、おまえのやっているのは法学ではなく言語学だ、と言われて、論文を書き直すかわりに専門をかえました。

リス　これだ！　やっと見つかった！　ここに何もかもちゃんと説明してある。給料はもちろん、もらえない。逆に一回出勤するごとに参加費を払う。でも十回仕事に通えば、一回ただになるので、一回分稼いだことになります。そのためにはいわゆるポイントを集めなければいけないそうです。

ネコ　でもバベル・カードを持っていないとポイントは集められないよ。出発前にインターネットで買ったこのカード。これを毎朝、仕事を始める前に「おはようマシーン」に通してポイントを集めるわけ。

イヌ　あなたはもうカードを持っているんですね。やることがはやい。

ネコ　有名大学を出ている連中は実際的なことに関してはのろまなのかも。

イヌ　わたしの卒業した大学は確かにとてもとても有名ですが、それはあるスポーツが強いから有名だというだけです。

ネコ　「あるスポーツ」なんて思わせぶりやめて、ちゃんと言ってよ。
イヌ　ボールを二つ同時に使うサッカーのようなスポーツです。
ネコ　ボールを同時に二つ使うの？　ちょっとエロチックかも。
クマ　君は、若いのに気のきいたことを言いますね。才能がありそうだ。散髪屋になりませんか。
ネコ　若いって言うけどね、若いかどうかは、寿命が分からないと計算できないでしょ。全部で三年しか生きられない場合は、二歳でも年寄りなんだから。
イヌ　君は大学、行かないんですか？
ネコ　何でもネットで調べられるのに、大学なんか行く必要ない。
イヌ　でも、たとえば、ポイントを一点集める度に寿命が一日短くなることがネットに載ってますか。
ネコ　え、何それ？
イヌ　サービス・ポイントって言うでしょう。サービスというのは、無料奉仕、つまり奴隷です。ポイントをもらわないと損をするという気持ちの奴隷になり、ポイントのもらえないことは何もやらなくなって、自由を失うんです。自由を失うと寿命が短くなります。
ネコ　つまりポイントは集めない方が得なんだ。

イヌ　そのとおり。そんなのは消費者のための活用文法の初級です。ポイントはいっさい集めないこと。こういう大事な生活の知恵がネットに載ってますか。
ネコ　載っていない。逆のことしか読んだことない。このカード、もういらない。
リス　あ、だめだめ、くずかごに捨てたら。あなたの過去を全部盗まれてしまいますよ。
ネコ　過去って？
リス　たとえば生まれた時は、シャム猫だったこととか。
ネコ　シャム猫？　思い出せないなあ。純血種だったことは覚えているけれど、何種だっけ。ネアンデルタールネコだっけ。ちがう。コーカサスネコかな。
リス　最初の記憶は？
ネコ　恋をして、家を飛び出し、夢の中をさまよい歩いたこと。三日たって、お腹がすいて家に戻ったら、知らない家族が住んでた。
リス　自分の過去を奪われてない。ネコの狭い額の奥にしっかりしまってあるんですね。わたしは「自分」をそっくりそのまま盗まれた経験があります。今考えると、期限切れの糟玉《カスタマ》カードを生ゴミといっしょに出したのがいけなかった。ある日、新聞社に出勤すると、自分の席にニセ者がすわっている。ニセ者は、わたしの文体でわたしの記事を書き、わたしの声で同僚に話しかけている。わたしのパスワードをうちこんで、わたしのメールアドレスからわたしの病気を治すわたしの薬を注文し、わたしの子孫をつくるために、わたしの家に帰宅していった。

クマ　もしかしたらわたしたちはカードから盗まれた情報に基づいて選ばれたのかもしれない。応募者の数が少ないのが不思議だった。

イヌ　でも、それにしては、わたしたち、あまりにも共通点がなさすぎる。選択の基準は何だったんでしょう。

クマ　耳の形はまちまち、身体の大きさもまちまち、それでも、とにかく人間でないことだけは確かです。人間になろうとしたこともないし、これからなるつもりもない。それがわたしたちの共通点じゃないですか。

イヌ　それにしては、どこから見ても人間の姿、していませんか。わたしたちは人間とは違う社会をつくるつもりで出発したのに、いつの間にか人間の足跡に落ち込んでしまったような気がする。

クマ　今日はお洒落してきたので人間の真似をしているように見えるかもしれませんが、わたしの魂はまだ地獄のように深い人間的深さには達していない。

キツネ　魂？　わたしは魂をネット上で競りにかけて、いい値段で売ってしまった。そのことを誇りに思っています。あんたは人間なんですか。

イヌ　それはもちろん違うけれど。でも人間という定義をもう少し広げて考えてもいいんじゃないかと思うこともあります。そうすれば、リスを人間とみなすこともできるかもしれない。

リス　どうして？　二本足で立てるから？　それとも胡桃を食べて、胡桃の形になった脳味噌を使って、樹木の存在の意味について考えているから？

クマ　人間になりたいとは思いません。一体誰が人間になんかなりたがるでしょう。人間の中には人間になりたいなんていうのがいるかもしれません。でも、もう人間は存在しない。

ウサギ　その意見には音楽的に賛成です。

クマ　それどういう意味です？

ウサギ　曲をつけたら説得力が出そうだということ。

クマ　じゃあ、歌にしてみてください。

ウサギ　（歌う）バベル、ばばベル、ばばばべる、ばばばばベル、ばばばばばべる（どこまでも「ば（場？）」を増やしていく）……

クマ　その歌は、わたしの言いたいこととは違う。しかも音痴だ。

ウサギ　芸術の自由には、個人の自由よりも価値がある。

クマ　ウサギの自由などキツネも喰わない、と言うじゃないですか。これはわたしの意見ではなく、諺《ことわざ》です。

キツネ　その諺、いくらで売ってもらえますか。
クマ　諺をお金で買うことはできない。わたしの言いたかったのは、わたしたちの共通点が人間ではないことならば、人間ではないことの良さはどこにあるのか探り出さなければいけないということです。それでなければいっしょに塔を建てたりできないでしょう。
ウサギ　それじゃあ、まずみなさん、これから順番に自己紹介してみたらどうでしょう。
ネコ　(リスに)あんたは髪の毛が焦げているから、多分、消防署の人でしょう。不法に建てられた工場から出た火事を消すための特別部隊に勤めているんでしょう。
リス　違います。わたしたちの職業では、熱い気持ちで冷たい流れを追っていかなければなりません。
ネコ　それ、どういう仕事？　砂漠の船長？
クマ　(ネコに)わたしの職業はもう少し分かりやすい。床屋です。店を継ぐ者がいなくて困っているんですが、あなたどうですか。
ネコ　床屋さんか。大切な職業だとは思うけれど、継ぐのはいやだ。手が濡れる仕事はどうもね。できれば舞台に立って、みんなに拍手されたい。
ウサギ　わたしはオーケストラではピッコロ、ジャズバンドではベース、ロックバンドではドラム、自宅では皿洗いを担当しています。
クマ　それはすべて趣味に過ぎないでしょう。
ウサギ　趣味のどこがいけないんですか？
クマ　趣味なんて人間のかかっていた病気の一つですよ。わたしたちはそんなもの必要としない。
ネコ　（ウサギに）どうして音楽を始めたんですか？
ウサギ　親の遺産を使い果たすためです。親に高価な楽器をいくつも買ってもらって、初心者の時から有名な先生について高いレッスン代を払ってもらって、時々コンサート会場を借りてもらって、無料の入場券を配ってもらった。とにかく親の財産をなくしたかったから。
ネコ　そんな複雑な陰謀企てないで、平凡で単純な金持ちみたいに大邸宅とヨットと飛行機でも買ってもらえばよかったのに。
ウサギ　うちの親は娯楽にはお金を使わなかった。お金を使っていい分野は教養と文化だけ。それ以外は子孫のために遺産として残すつもりだった。
クマ　遺産なんて人間の伝染病かと思っていたけどウサギにもあるんだ。
ウサギ　病気のようなもので、うつったんです。とてもすてきな復活祭あけの月曜日にね。

イヌ　わたしに言わせれば、前の世代から受け継ぐべき遺産は言語だけ。だから、わたしは語学の教師になりました。経済的に意味がないとされる言語をいくつか専門的に教えています。もちろん学費を払わない学生にしか教えません。でも最近クビになりました。

リス　新しい法律ができたせいでしょう。外国語が一つもできない者を笑ってはいけないという法律。どっかの国のどうということもない政治家が思いついて、それから世界中に広まった。

クマ　わたしも実は今のところ働くことができないんです。床屋の主人ですからクビになることはないんですが。ある日、警察官が二人訪ねて来たんです。死体を燃やすにおいがするが燃やしているのかと訊くんです。わたしはお客様の髪の毛の中の遺伝子情報を守るために居間の暖炉で切った髪の毛を毎晩燃やしています。髪の毛に入っている遺伝子情報が悪用されないようにね。これは床屋の倫理です。

リス　どうして警察は急にそのにおいを疑うようになったんですか。

クマ　最近、消えてしまった死体がたくさんあるんで、死体が不法に処理されている場所を捜しているようです。調査が終わるまで、うちは営業停止です。

リス　行方不明になった人がいるというのなら分かるけれど、死体が消えたというのは、何か死体を辱めるような種類の犯罪ですか。

イヌ　死体が勝手に墓から出て、町を歩き回っているのかもしれない。

キツネ　わたしは夜いつも歩き回っているけれど、死んだ人が散歩しているのには出逢ったことがありません。大都市では、夜になると髪の毛のにおいが強くなります。焦げた髪の毛のにおいではなくて、まだ生きて苦しんでいるんです、その髪の毛は。震え上がってかいた汗、うぬぼれのシャンプー、孤独に吸う煙草の煙、甘い欺瞞の粉ミルクにはガソリンのにおいが混ざっている。髪の毛のにおいがするとわたしは眠れない。

リス　あなたの職業は不眠症ですか。

キツネ　そうです。昔はある工場で働いていました。毛皮の襟巻きをつくる工場です。仕事そのものは楽だったんですけれど、上司が意味もなく、命令をばらまくので、すぐに神経がすり減ってしまいました。今すぐにあっちの機械に移れとか、まだ仕事がたくさん残っているのに今日はもう家に帰れとか。

ネコ　わたしも上司がいなければ会社を辞めなかったと思う。上司は部下をチェスの駒みたいに動かしたがる。自分では部下のことを思いやっているつもりだから、部下に無視されるとすごく腹をたてる。

キツネ　不眠症であることの方が、会社に勤めているということより健康かもしれない。そんな気がしてきたので不眠症に専念することにしました。

ネコ　上司はアルコールとジョギング依存症だっただけでなく、会議依存症だった。会議を開いていないと、みんなが陰で自分の悪口を言っているようで不安だったらしくて。週に何度も会議を開いて、一人でしゃべりまくっていた。誰も聞いていないのに。

クマ　「上司」は現代の病原菌。それに対して「親方」は古き良き伝統。（ネコに）手に職つけて、独立した方がいい。

リス　いつだったか、胡桃職人の仕事場を取材したことがありました。親方が言うには、十年間、時間もお金も自分も忘れて修業したそうです。彫刻刀一本で胡桃の中に宮殿を彫りあげていました。シャンデリアやチェンバロにほどこされた飾りや、食卓に並ぶお皿の花模様は、顕微鏡で見なければ見えないくらい小さかった。親方は弟子を誉めたりしなかったけれど、そんなことは弟子にとってはどうでもいいみたいで、親方も弟子も、胡桃の殻にとりつかれたみたいに自分を忘れて仕事していました。

クマ　仕事はなるべく手間がかかって儲けが少ないのが理想なのかもしれない。それがわたしの非人間的未来のビジョンなんです。

キツネ　それは分かる。しかしそんなわたしの労働の糧を誰かが盗んでいるから自分は貧乏なのだと思うと眠れなくなる。

クマ　眠れなければ仕事はできない。

キツネ　この薬をのめば眠れるんですけれど、そうすると翌朝、頭の中が沼地になったみたいで起きられない。

リス　あ、その薬の箱、知ってます。わたしは昔、農薬を作る会社に勤めていたんですが、ある時、精神安定剤や睡眠薬の開発が始まったんです。その会社の薬のほとんどは実は農薬なんです。顧客の頭の中に住む害虫を殺すことで眠れるようにしてさしあげる、というコンセプトならある程度理解できます。実際はそうではなくて、そのままでは売れない売れ残りを嘘の名前で包んで売ったのです。わたしは倫理的な理由で会社をやめてフリーのジャーナリストになったんです。フリーの、というところを強調したいですね。自由に書けない場合は書かないので。

ウサギ　タマネギ、好きですか。

リス　え？

ウサギ　タマネギを食べない人たちは、タマネギを食べる人たちが近づいてくると鼻をつまむ。それって宗教じゃないですか。

リス　わたしはタマネギなんて食べない。

キツネ　タマネギを食べようという発想自体、理解できない。まして炒めるなんて。げ。でも、タマネギが宗教だとは知りませんでした。

イヌ　タマネギの焦げるにおいがしなくなった地球は寂しい。ホモサピエンスはいつもタマネギの皮を剝き続けていた。

ネコ　頭がずきずき痛くなってきた。（独り言）みんなの言いたいことがよく分からなくなってきた。

リス　頭が痛い時に頭痛薬をのんではいけません。

イヌ　（独り言）タマネギを半透明になるまでよく炒める、という文章が何度も頭に浮かんで、みんなの話に気持ちが集中できない。でもタマネギというテーマにしがみついていれば、どうにか話についていけそうな気がする。

リス　何かおっしゃいましたか。

イヌ　そうだ、タマネギは半透明にするべきです！　プロジェクトも同じ。透明になってしまったら魅力が失せるし、あまり濁っていたら汚職や不正があってもわからない。そう、半透明がいい。

ネコ　（独り言）半透明ってどういう意味？　わからない単語があったら辞書で引けばいいと小学校の先生は言っていたけれど、辞書の中で文字はどういう順序で並んでいるのかな。

ウサギ　タマネギを食べればどんな病気もなおる。不眠症もなおる。（独り言）実はさっき「バベル」と言うつもりで、言い間違えて「タマネギ」と言ってしまった。

全然似てないのに。それ以来、みんなタマネギの話ばかりしている。まあいいや。今更ひきかえせない。

リス　タマネギばかり食べていると脳味噌がタマネギみたいになってしまう。皮が何層も重なっているけれど、層と層の間の繋がりが希薄で、上の層をはがしてもすぐ下の層は次は自分だということを感じない。わたしはやっぱりリスのように胡桃を食べて、胡桃のような脳味噌を保ち続けたい。

ウサギ　でも、病人のことを考えてみてください。どんなにうさんくさい教えでもそれで心の病気が治るならいいんじゃないかと思う。

クマ　だからタマネギなわけですか？　現在はこうあるべきだとか考えるんじゃなくて、タマネギのことだけ考え続けるんですか。（キツネに）ところで、冬眠すれば、どんな病気でも治ります。不眠症も。

キツネ　（独り言）みんなわたしを助けるためにいろいろなことを言ってくれるけれど、もしかしたら、わたしのキツネ的精神を植民地化しようとしているだけかもしれない。

イヌ　（キツネに）いいことを教えてあげましょう。週に二度以上、芝居を観に行けばよく眠れます。芝居に行かないと俳優があなたの眠りの中で台詞《せりふ》をしゃべる。うるさくてたまったもんじゃありません。

ネコ　(独り言)　つまりタマネギというのは劇場という意味なんだ。やっとみんなの話についていけそうだ。
キツネ　(独り言)　どうしてみんな健康のことばかり話しているんだろう。みんなもうすぐ死んでしまうのではないかという予感がする。

第三幕

着ていた人間の服が長い時間の経過によっていい感じに破れ、ところどころ穴の開いたところから身体に毛が生えているのが見え、みんな人間と動物の中間くらいの状態にいる。

キツネ　いつになったら始まるのか、バベルの塔の建築。
クマ　朝も待つ人、夜も待つ人。
キツネ　待ちくたびれて不眠症。
クマ　待つことは文明の最高峰。

リス　待ちくたびれて、耳の裏がかゆい、脇の下も、お尻も、お臍《へそ》もかゆい。
クマ　待つこと自体に意味があると信じているのは愚かだ。上からの指示を待たないで、自分たちだけでバベル・プロジェクトを始めてしまいたいという密かな願いがお尻の穴から這い出してきて、お腹の表面をゆっくり登ってくる。
リス　それって名案！
キツネ　でも、どこから手をつけたらいいのか分からない。
リス　まず建築材料を集めるべきだ。
キツネ　買いつけるんじゃなくて収集？
リス　お金もお店もないこの地球、「購入」は不可能。落ちている枝や枯葉たちが「お願いだからわたしを使って家をつくって！」と言っているのが聞こえる。
クマ　それは木に感情移入してるだけでしょ、拾った材料だけで造る小屋にはリス的な貧弱さがある。それに比べて洞窟を利用して造った御殿にはクマ的な豪華さが。
キツネ　墓石はどうだろう。夢の中で彷徨《さまよ》い歩いていた迷路の町では、家という家はすべて墓石でできていた。各家の脇には薔薇と菊が咲き乱れ、まぶしいほどだった。人間の残していったものの中で安全なのは墓石だけ。
イヌ　わたしは、石でできた巨大な辞書の夢をみたことがある。それは辞書であると同時に一つの町で、言葉がたくさん刻み込まれていた。石のページの間をどこまでも歩いて行ったけれど、どこで辞書が終わるのか見極めることはできなかった。

ウサギ　それって、何語の辞書？

イヌ　過去現在のあらゆる言語の辞書。わたしは石の辞書でできた町に住みたい。

ネコ　石で建物を建てるのには反対。暖房費のこと考えてよ。

クマ　自然の洞窟の中ならば冬は暖かいから暖房いらない。

イヌ　コンクリートの家は効率的に冷房で冷やされる。だから、冷房費を節約できる。

クマ　洞窟の中は夏は涼しい。冷房なんかなくても。

リス　コンクリートで作った建物が次の大洪水で壊れたら、瓦礫どうするの。

ネコ　もう家なんかいらないから木の下で眠ろうよ。大きな木の下で三匹の雌ライオンが気持ちよさそうに寝ているのをテレビで観たことがある。木の下が我が家でなかったら、我が家なんてない。ほら動物ばかり映して人間が彼らの考えていることを推測してしゃべる変な番組があったよね。覚えてる？　すごく好きだった番組。

クマ　バベルの塔もどこかにある木の真似をして考え出されたものに過ぎないかもしれない。その木を捜してみたくなった。

リス　高い木の上が安全だと思う。

ウサギ　高い木から落ちてクビの骨を折るなんて、ビデオ撮っておいて保険会社のコマーシャルに使ってもらえば？　地面に穴を掘ってそこで寝るのが一番安全。冬は暖かくて夏は涼しい地下室が本当のバベルの塔。地球の中心に向かって逆立ちしてる。高さではなく深さが大切。

リス　ああ、もう嫌になった！　みんなの話を聞いていると、いっしょに住むのは無理だって気がしてくる。性格の不一致！

クマ　でも、大洪水があった後、ばらばらに暮らすことはできない。みんなで一つの建物を建てる以外に選択肢はない。

イヌ　そのためにはボスが必要なんじゃないかなあ。

ウサギ　誰かが自分の上に立っているというのはどうも気に入らない。

イヌ　ウサギの社会には最高権力者がいなかった。リスも同じ。弱い者の集まりには最高権力者は必要ないというのはわたしの邪推に過ぎないのか。

クマ　弱い動物だけでなく、クマみたいに強い動物にもボスはいなかった。

イヌ　でも我が祖先、狼の群れにはボスがいた。猿にも人間にも。

リス　だから滅びた。ボスではなく翻訳者を選んでみたらどう？　自分の利益を忘れ、みんなの考えを集め、その際生まれる不調和を一つの曲に作曲し、注釈をつけ、赤い糸を捜し、共通する願いに名前を与える翻訳者。

イヌ　大統領でも代表でも指揮者でもプロジェクト・ディレクターでもなくて……
ウサギ　翻訳者！
全員　賛成！
イヌ　一番演説の上手い者を翻訳者にしよう。
全員　（それぞれの言い方で）それはよくないよ！
クマ　一番年上で経験が豊富な者を翻訳者にしよう。
全員　（それぞれ）もっと違う決め方がいい。
ネコ　一番有名でみんなに愛される者を翻訳者にしよう。
全員　（ばらばらに）反対！
キツネ　一番頭がよくて、一人で原爆でも造れる優秀な科学者を翻訳者にしよう。
全員　（二秒、沈黙の後、みんな一斉に）反対！
リス　じゃあクジ引きで決めよう。
全員　賛成！

とても意外なやり方でクジ引きが行われ、リスが選ばれる。

リス　わたしが選ばれるなんて夢にも思わなかった。

キツネ　あんたが指揮するんじゃ、このプロジェクトは実現不可能だから、わたしはもう家に帰る。
ネコ　帰る家はもうないってこと忘れたの？
キツネ　え、今、何て言った？
リス　住んでいたところが飛行場になったって自分で言っていたでしょう。
キツネ　あ、そうだった。わたしの言葉をわたしに戻してくれてどうもありがとう。
リス　これからも自分の考えていることを忘れたら、他人のわたしに訊いてね。
キツネ　他人？　確かに家族ではない。
リス　家族という単語は熱いお湯で洗濯しすぎて縮んじゃった。
イヌ　さっきからボスの命令を待っているんだけれど、何もきこえてこない。ボスに能力が不足しているのかもしれない。
リス　ボスじゃなくて翻訳者。
クマ　翻訳者は急ぐ必要なんかない。時間は言葉と同じくらいたくさんある。
リス　これから材料を捜します。ただし人間たちの建物の壊れたかけらを拾ってはいけません。危ない物質が入っているから。
イヌ　（激しく咳をする）
クマ　今の吠え声はわたしに喧嘩を売ってるわけ？

リス　いいえ、イヌは工事現場でアスベストを吸い込んだ時のことを思い出して、咳しているだけです。咳というのは呼吸法の一つで、喧嘩を売っているわけではありません。
イヌ　説明してくれてありがとう。
ウサギ　つまり危ないからリサイクルはだめってこと？
リス　そうとは限らない。人間の造った建物には危なくないのもあった。
ネコ　リサイクルって何？
リス　エネルギーの循環から外にはみ出てしまったものをもう一度循環の輪の中に入れること。
ネコ　つまりキツネの襟巻きからもう一度キツネをつくるとか？
リス　元の形にそのまま変換するんじゃなくて、大きな循環の輪の中に返すこと。その輪はあまりにも大きいから、わたしたちの視界内では輪として完結しないかもしれないんだけれど。視野が狭ければ狭いほど、成長するどの線も直線に近く見える。
ネコ　あ、貝が落ちてる。
イヌ　貝？　ここは砂漠かと思っていたら、いつの間にか海があんな近くまで迫っている。

リス　砂漠と海は民族大移動を始めたのです。
イヌ　不思議な風景。海岸のようでもあるし、山のてっぺんのようでもあるし、砂漠のようでもある。
ネコ　ほら、足の生えた魚が砂の上を歩いて行く。海の毒素がずっと肌から入り続けているのが嫌になったのかもしれない。
ウサギ　わたしたちの時間の感じ方が変わって、一万年が一分くらいの長さに感じられるようになったのかもしれない。
クマ　山には満ち潮も引き潮もないから信用していた。海かもしれない山なんて。真実の、永遠の山の方にみんなで逃げよう。
イヌ　真実でも永遠でも山は基本的に危ないんだと思う。ほら、斜面が崩れていくのが見える。大きな平野を捜そう。
ウサギ　それは理性的だ！　柔らかい草が一面に生えた平野。それはおいしいサラダの巨大なお皿の上に乗って暮らすようなもの。
キツネ　サラダって何？
リス　なんでもいいから説明抜きでごちゃごちゃに一枚の皿にのせたもの。それがサラダ。
ウサギ　わたしたちみたい。

イヌ　ドレッシングはかけないの？
ウサギ　わたしは、かけない。塩味はきらい。塩は古傷にしみるし。
クマ　お皿みたいに平らなところは、四方から敵が攻めてくるから危ない。洞窟を捜そうよ。
リス　敵という考え方は過去のものでしょう。もう自分には敵はいない。つまり敵から身を守るために要塞を建てる必要はないということ。
ウサギ　襲われる危険の全くない世界。怖いという気持ちを古い上着みたいに脱ぎ捨てて、サングラスをかけましょう。平和が明るすぎて目眩がするから。
イヌ　わたしは敵の軍隊ではなくて、亡霊が怖い。山には住みたくない本当の理由はそれ。
ネコ　亡霊って何？
リス　意地悪な子供が、ネコの尻尾に花火を結んで火をつけたとする。ネコは驚いて道路に飛び出して、車に轢かれて死ぬ。ネコは死んでもその霊はあの世に行けないまま、寂しい夜道に姿を現し、憎しみをぶちまける。
ネコ　知らない方が幸せなことまで教えてくれてありがとう。
イヌ　亡霊には突き抜けられないくらい厚い壁を造ればいいのかも。
ウサギ　厚い壁を造るなんて不経済。それより地面に深い穴を掘ろう。

イヌ　でもアンテナはどこにつけるの？
ウサギ　高いところにアンテナをつけるなんて意味ないよ。信用できるアンテナは自分の耳だけ。
クマ　アンテナって何？
リス　空を漂っている情報をとらえるために本体から生えた長い触角。
ネコ　主にテレビと繋がっていて、メロドラマの受信に役立った。
クマ　テレビなんていらない。そのかわり家は夏用と冬用と二軒、建てないとね。冬は冬眠するから寝室だけの家がいい。
ネコ　冬眠って何？
リス　夏に眠さをとっておいて、冬にぐっすり眠ること。
キツネ　ちがう。寝不足の利子のせいで病気になって、人生の残りをベッドの中で過ごすこと。
クマ　寝不足ってどういう意味？
リス　朝早くから夜遅くまで働かないとならない奴隷がかかる病気。
イヌ　奴隷って何？
リス　危ない職場で働かないと食べていけない境遇に追い込まれた者のこと。人間たちは二十一世紀以降はみんな奴隷だった。

イヌ そんな風に言うな！ 人間たちには同情されるだけの価値はあった。
ネコ まだ忘れられないんだね、人間のことが。
イヌ あれ、そこに人間がいる。
リス まさか。まだ愛しているから亡霊が見えてしまうだけでしょう。
イヌ そんなことない。本当にいる。（観客の一人または観客になりきった俳優を選んでその人に）あなたは人間の生き残りですか。
ネコ 本当にいる、正真正銘の人間だ。（観客または観客になりきった俳優の一人を選んでその人に）あなたは、今回の大洪水で奇跡的に生き残った一人の人間として、これからどんなことをしたいと思いますか。
リス 人間がまだ生き残っていたなんて信じられない。随分疲れた顔をしているようだけれど。（観客の一人または観客になりきった俳優を選んでその人に）もしも過去を変えることができるとしたら、世界の歴史のどの部分をどんな風に変えたいですか？
キツネ 昔はそんなこと思わなかったけれど、人間ってよく見ると、（観客の一人または観客になりきった俳優を選んでその人の顔をじっと見て）人間的な顔してるね。人類滅亡の原因はどこにあると思いますか。
クマ （遠くまで見回して）あれ、けっこうたくさん生き残ってる。劇場に芝居を観に来ている人間だけが生き残ったのかもしれないけれど。（観客の一人または観客になりきった俳優を選んでその人に）もしあなたが大統領だったら、まず何をしますか。

ウサギ　（観客の一人または観客になりきった俳優を選んでその人に）あなたはもし何でも知っている人に、一つだけ質問していいと言われたら、どういう質問をしますか。

演劇の行われる町で、公演前に同じ質問をいろいろな人にして、答えを録音しておいたテープが初めは一本、そのうち同時に二本流れる。それと並行して会場では俳優がそれぞれいろいろな質問をお互いにして話す声が何重にも重なって、倍増されていく。そのうち、上から舞台に夏のにわか雨のようにたくさん辞書が落ちてくる。この時のためにいらなくなった辞書を寄付してもらい、また古本屋で安く売り出されている辞書を百冊くらい買い集めておいて、舞台に落とす。公演後には家に帰る観客に一冊ずつ配る。

解説

ロバート キャンベル（国文学研究資料館長）

暮らす環境を一変させるほど激甚《げきじん》で不可逆的なカタストロフィが起きているらしい。忌々《いまいま》しい出来事から数十年経ったと思われる時点で、体があまり自由に動かない少年無名《むめい》と、百歳を超えたがまだ死ねないでいるその曾祖父で保護者義郎《よしろう》の物語は繰り広げられている。

世界一長寿社会と世界一早い速度で少子化が進む日本社会が今日併せ持っている特質を縫い合わせたフェーブルのようにも見える相関図だ。ところが、無名たち子供は、単に少ないわけではない。体力がつかない。食べ物が上手く喉を通らない。基本的な機能が退化しているような特徴を見せている。

自分で上手く着替えることができない無名。

寝間着をどちらの足から脱げばいいか悩んでいるうちに、ふと蛸の姿を思い出す。自分の足は本当は八本あるんじゃないか、それが四本ずつ束になって二本に見えるだけじゃないか、と想像する姿は少年らしく楽しげである。

「蛸は身体に入り込んでしまっている。蛸、出て来い。思い切って脱いでしまった。まさか脚を脱いでしまったわけじゃないだろうな。いや、ちゃんと寝間着を脱いだようだ」

一方、二足歩行すら難儀な幼い曾孫を前に義郎は、本来、人類にとって二足歩行自体が最上の完成形でも何でもなく、未来においては蛸のようにはって歩くようになるのかもしれないと空想を巡らしている。言い尽くせない酷い仕打ちを食らっているはずのこの人たちは、今その記憶をたぐり寄せ咀嚼《そしゃく》することよりも、どうにか新しい生活システムの中で在り続けようと注意深く生きている。彼らの存続自体が危い。危険がいっぱい隅々まで潜んでいる地表を薄氷を踏むごとく渡り歩いている。

突飛に聞こえるかもしれないが、わたくしは無名のぎこちない動きを描いた文章を読みながら、井上陽水の歌を頭の中で再生していた。一九七九年にリリースした「海へ来なさい」。親が子供に静かに語りかけるように歌う。

「太陽に敗けない肌を持ちなさい　潮風にとけあう髪を持ちなさい　どこまでも泳げる力と　いつまでも唄える心と　魚に触れる様なしなやかな指を持ちなさい　海へ来なさい」

魚に触れるようなしなやかな指を無名は持っていないし、数百キロ以内の沿岸部の海には触れて大丈夫な蛸は一匹もいない。それでも飲み食いが楽にできない曾孫のために義郎は毎朝、心の中で叫んでいる。

「無名、太陽をどんどん体内に取り入れろ。自分はサメだと思ってごらん、口の中には立派な歯が並んでいる。見ただけでみんなが逃げていくような大きな尖った歯だ。唾液は満ち潮、波の襞《ひだ》がひたひた押し寄せてくる。(中略)地球をそっくりそのまま呑み込んでしまうことだってできるよ」

微熱がふつうで学校で測るなと言われ、病人として甘えることも知らない子供たちは、懐かしく悲しい童話のようなストーリーが体中に書き重ねられていく。触れて直ぐに後ずさりする冷たい金属性のディストピアではなく、有機物的で、人の遠い記憶を呼び覚ます柔らかな世界なので、余計不気味に感じる。

暮らしているのは、「東京の西域」にある仮設住宅。「西域」は、東京に住む者がけっして口にしない呼称で、市外局番が「〇三」から三桁以上に増える武蔵野市以西、奥多摩あたりまでを言うのだろうか。

「西域」といえば、二十世紀初頭に大谷探検隊が歩いた中央アジアの辺境、崩れた防塁が砂丘から覗く。きらびやかな出土品から砂を払って剛毅に持ち帰るような(井上陽水なら「カナリア」の盗賊みたいに)現代文明の中心から遠く離れた寂しい場所を連想する。あるいは日本の自衛隊で言う「西部方面隊」。アメリカの西部劇などに吹きすさぶ砂嵐ではなく、古代の「西海道」、「鎮西《ちんぜい》」、関門海峡を越えて明治の官軍が士族たちの反乱を鎮火した熊本の鎮台を思い浮かべる人もいるのかもしれない。方角が絡む日本語の地名はみんな、繊細な歴史の響きを纏《まと》い、そのままでは他言語に翻訳しづらいところが色々と出て来る。

「献灯使」に表れる東京は、ぼんやりしている。ぼんやりと言うのは、空気が朦朧と煙っている意味でのぼんやりではない。

むかしの小説であれば、書き手がたとえば銀座を舞台に書こうと思えば、夜、女は四丁目角のライオンか服部時計店前で男と待ち合わせをする。深い霧に結ばれた市街をさっさと歩く女は、時計台の文字盤がはっきり見えないので、時報の鐘の数で築地にあるアパートからの距離を測り、時空の中を移動する。遠景にはぼんやりと光るゴールの時計台、近くには洋服店や画廊の飾り窓、カフェのネオンサインなどがきらきらしている。女のこころは、窓の商品やすれ違う人の顔の表情に照り出されるように、心の中の言葉としてページに表れてくる。

そういう小説に慣らされているわたくしたちは、死ぬことともに、あらゆる都会的な文明ゾーンや出会いのきっかけなどを奪われてしまった物語の時空に触れると、面食らってしまうかもしれない。都心自体はまだ砂漠化していない。廃墟どころか、信号機も自動扉もおそらくコンビニといった欠かせない消費インフラも完備している。完備はしているが、ゴーストタウンみたいにしんとしている。

義郎は、何年かぶりに足を踏み入れた新宿の街を想像する。

「廃墟というには賑やかすぎる看板たち、自動車など一台も走っていないのに律儀に赤くなったり青くなったりしている信号機、社員のいない会社の入り口の自動ドアが開いたり閉まったりするのは風で街路樹の大枝がしなうからか」

人はいない、というよりもどこかにいるだろうけれど、姿を見せない。現在の日本に蔓延《はびこ》る子供の貧困と同じように、ひっそりと隠れ、隠され、負の現実として容易に姿を表さない。世界を蔽う微熱のような、地中に染みこんだ危険物質に対する長い警戒から導かれる心の炎症が、東京をぼんやりさせている。統治機構は水際で厳しい警戒態勢を敷き、鎖国の復活、外国語の使用を禁止する強硬な防衛策を打ち出しているが、権力の姿はやはり模糊として表に出ない。資本主義経済も、おそらく人々が気づかない速度で、いつの間に崩壊している。土地という土地も、価値を喪《うしな》っている。「一等地も含めて東京二十三区全体が、『長く住んでいると複合的な危険にさらされる地区』に指定され、土地も家もお金に換算できるような種類の価値を失っ」ている。

多和田葉子さんは、この小説が発表される二〇一四年より一年前、原発事故の爪跡が鮮やかに残っている福島県を車で回っている。「放射性物質に汚染されて人の住めなくなった地区を車で通った時、びっくりするほど背の高い雑草が、人の住めなくなった家をおおいつくすように伸びていたからです。（中略）無人の町中にどきっとするほど立派な桜並木がありました。原発事故の起こる前もこの桜は有名だったのが、人間が住めなくなってからはこれまでの何倍も花が咲くようになった、と案内してくれた女性が教えてくれました」、というふうに語っている（「雪の中で踊るたんぽぽ」『文学』第一六巻三号、二〇一五年）。

「仮設的」で曖昧な空間から出現する日本の「献灯使」は、多和田さんが近年ドイツを舞台に据えて描く『雲をつかむ話』や『百年の散歩』などのように、地図帳やグーグルアースを片手に読むことを許さない。固有性や求心力を手放した隙に「高い雑草」のごとく生えてくる人間の生きる意欲のようなものに充ちた小説である。

熱い心を持つのは、少し泥臭く頼りがいのある百八歳になんなんとする義郎おじいさん。曾孫を守ってやりたい、野原でピクニックという当たり前の幸せを味わわせてやりたいと一心に闘う。温厚な老人は、物語の終盤、無名を学校に送り届けた帰り道で、この不条理への激しい怒りをぶちまけている。微温的でも仮設的でもない、石に刻まれたようにくっきりと表われる満腔の怒りである。

カバー装画作品

『凛然』
2010年　紙本着色　145.5×72.3cm
（作者／堀江栞　©Shiori Horie）

本書は二〇一四年一〇月、小社より刊行されたものです。

|著者| 多和田葉子　1960年東京都生まれ。早稲田大学第一文学部卒業。ハンブルグ大学修士課程修了。チューリヒ大学博士課程修了。ベルリン在住。'91年「かかとを失くして」で群像新人文学賞を受賞。'93年「犬婿入り」で芥川賞を受賞。ドイツ語での文学活動に対し、'96年シャミッソー文学賞、2005年ゲーテ・メダル、'16年クライスト賞を授与される。'00年『ヒナギクのお茶の場合』で泉鏡花賞、'02年『球形時間』でBunkamuraドゥマゴ文学賞、'03年『容疑者の夜行列車』で伊藤整文学賞、谷崎潤一郎賞、'11年『尼僧とキューピッドの弓』で紫式部文学賞、『雪の練習生』で野間文芸賞、'13年『雲をつかむ話』で読売文学賞、芸術選奨文部科学大臣賞、'18年本作で全米図書賞（翻訳部門）をそれぞれ受賞。近著に『百年の散歩』『地球にちりばめられて』がある。

献灯使《けんとうし》
多和田葉子《たわだようこ》

2017年8月9日第1刷発行
2020年1月8日第6刷発行

発行者——渡瀬昌彦
発行所——株式会社　講談社
東京都文京区音羽2-12-21　〒112-8001
電話　出版（03）5395-3510
　　　販売（03）5395-5817
　　　業務（03）5395-3615

Printed in Japan

講談社文庫
定価はカバーに
表示してあります

デザイン—菊地信義
本文データ制作—講談社デジタル製作
印刷———豊国印刷株式会社
製本———株式会社国宝社

ISBN978-4-06-293728-3

講談社文庫刊行の辞

二十一世紀の到来を目睫に望みながら、われわれはいま、人類史上かつて例を見ない巨大な転換期をむかえようとしている。

世界も、日本も、激動の予兆に対する期待とおののきを内に蔵して、未知の時代に歩み入ろうとしている。このときにあたり、創業の人野間清治の「ナショナル・エデュケイター」への志を現代に甦らせようと意図して、われわれはここに古今の文芸作品はいうまでもなく、ひろく人文・社会・自然の諸科学から東西の名著を網羅する、新しい綜合文庫の発刊を決意した。

激動の転換期はまた断絶の時代である。われわれは戦後二十五年間の出版文化のありかたへの深い反省をこめて、この断絶の時代にあえて人間的な持続を求めようとする。いたずらに浮薄な商業主義のあだ花を追い求めることなく、長期にわたって良書に生命をあたえようとつとめるところにしか、今後の出版文化の真の繁栄はあり得ないと信じるからである。

同時にわれわれはこの綜合文庫の刊行を通じて、人文・社会・自然の諸科学が、結局人間の学にほかならないことを立証しようと願っている。かつて知識とは、「汝自身を知る」ことにつきていた。現代社会の瑣末な情報の氾濫のなかから、力強い知識の源泉を掘り起し、技術文明のただなかに、生きた人間の姿を復活させること。それこそわれわれの切なる希求である。

われわれは権威に盲従せず、俗流に媚びることなく、渾然一体となって日本の「草の根」をかたちづくる若く新しい世代の人々に、心をこめてこの新しい綜合文庫をおくり届けたい。それは知識の泉であるとともに感受性のふるさとであり、もっとも有機的に組織され、社会に開かれた万人のための大学をめざしている。大方の支援と協力を衷心より切望してやまない。

一九七一年七月

野間省一